Goodend TOHKA

SpiritNo.10If
AstralDress−PrincessType Weapon−ThroneType [Sandalphon]

DATE デート・ア・ライブ LIVE

22

「高揚。貴公の力、聢《しか》と見させていただいた。
その剣のことも、今は問うまい。
――先の無礼は、我が奥義の開帳によって雪《そそ》ぎたい」
精霊――風待八舞《かざまちやまい》

謎の精霊――〈ビースト〉

「――さあ、おまえの世界の話を聞かせてくれ」
「ああ――その代わり、おまえの話も聞かせてくれ。
正直、興味津々だ」

「四月、一〇日……か」
大学生──五河士道《いつかしどう》

CONTENTS

デート・ア・ライブ22

十香グッドエンド　下

橘　公司

ファンタジア文庫

2952

口絵・本文イラスト　つなこ

精霊
THE SPIRIT
隣界に存在する特殊災害指定生命体。発生原因、存在理由ともに不明。
こちらの世界に現れる際、空間震を発生させ、周囲に甚大な被害を及ぼす。
また、その戦闘能力は強大。
対処法1
WAYS OF COPING 1
武力を以てこれを殲滅する。
ただし前述の通り、非常に高い戦闘能力を持つため、達成は困難。
対処法2
WAYS OF COPING 2
――デートして、デレさせる。
十香グッドエンド 下
Goodend TOHKA
SpiritNo.10
AstralDress-PrincessType
Weapon-ThroneType[Sandalphon]

第六章　星宮六喰《ほしみやむくろ》

少し前、主様《ぬし》に、髪《かみ》を切ってもらった。

まあ厳密に言うならば、仕上げをしてもらったという方が正しいかもしれぬが。

主様の操る鋏《はさみ》が軽快に音を立てるたび、はらりはらりと足元にむくの髪が落ちていく。

それは、なんとも不思議な感覚じゃった。

もう何年も、髪を切ったことなぞなかったものだから。

髪には地層のように、むくの履歴《りれき》が刻まれている。楽しかったこと、辛《つら》かったこと、たくさんのものが、その髪に込められている。

無論髪を切ったからといってそれらを全て捨てるということにはならぬのじゃが……少し前までのむくは、きっと何の冗談《じょうだん》でもなくそう思っていたのじゃろう。髪に縋《すが》り、髪に執着《しゅうちゃく》し、髪を失うことを過剰《かじょう》に恐《おそ》れていた。

むくが髪を切る決心に至れたのは、主様のおかげに他ならぬ。

何のことはない。髪を切ったからとて失われぬ確かなものを、感じられたのじゃ。

何があろうとむくを迎《むか》え入れてくれる、家族。
ともに笑い、悲しんでくれる、仲間。
それらを得たとき、むくはきっと、新たなむくになった。
髪に縋らずとも、前を向いて歩いて行ける力を得た。

散髪《さんぱつ》が終わり、鏡の前に立つ。
主様は、むくを世界一の美女じゃ、と褒《ほ》めてくれた。
むふ、見え透《す》いた世辞じゃが、悪い気はせぬ。受けておくとしよう。
じゃが、そのとき。むくは、ふと思ってしまった。
ほんの一瞬《いっしゅん》ではあるが、吹《ふ》っ切ったはずの想いを、抱《いだ》いてしまった。
——主様が褒めてくれたこの新しい姿を、一目でいいから姉様に見て欲しい、と。

◇

人の足を止めるのに、必ずしも壁《かべ》は必要ない。
人の身体《からだ》を縛《しば》るのに、必ずしも鎖《くさり》は必要ない。
——事実、その少女は、ただそこに在《あ》るだけで、居並ぶ者たちの足を縫《ぬ》い止め、身体を縛り付けていたのだから。

「――ア、アア――アアアアアアアアア――」

まるで、遠雷《えんらい》のように。

長い咆吼《ほうこう》が、辺りの空気を震《ふる》わせる。

するとそれに合わせるようにして、彼女の髪が――元あった色が抜《ぬ》け落ちてしまったかのような淡《あわ》い色の髪が、微《かす》かに揺《ゆ》れた。

それは、まるで彼女の存在そのものを示しているかのようではあった。喩《たと》えるならば、枯木《こぼく》。乾《かわ》き、色褪《いろあ》せた枝がしなるかのようにさらさらと震え、僅《わず》か残った葉を揺らすかのような様である。

その合間から覗《のぞ》く面《おもて》と双眸《そうぼう》にも、これまた生気のようなものは感じられない。硝子玉《ガラスだま》のような眼《まなこ》に映るのは、歓喜《かんき》や享楽《きょうらく》でもなければ敵意でも殺意でもなく、ただただ空虚《くうきょ》な色のみであった。

その背に負った一〇もの剣《けん》は、それぞれが異様な圧力を発していたものの、別段それを誇示《こじ》している様子も見受けられない。むしろ、手負いの獣《けもの》が、無骨な拘束具《こうそくぐ》によって無理矢理立ち上がらされているかのような痛々しささえ感じられた。

──識別名〈ビースト〉。

精霊《せいれい》の絶えた世界に現れた、存在するはずのない精霊。

それが、名前のない彼女に付けられた、仮初《かりそ》めの名であった。

「な……な……」

辺りから、狼狽《ろうばい》に満ちた声が聞こえてくる。

とはいえ、それも無理からぬことではあった。

何しろ彼女が現れたのは、地上一万五〇〇〇メートルに浮遊《ふゆう》する空中艦《かん》、〈フラクシナス〉の直中《ただなか》に位置するブリーフィングルームだったのだから。

空中艦。それは強固な外装と不可視迷彩《インビジブル》によって護《まも》られた、堅牢《けんろう》なる機械の城。天空の覇者《はしゃ》が座する至高の玉座。何者の手も届かず、何者にも侵《おか》されないはずの、絶対の空間である。

だがその少女は、いとも容易《たやす》くその聖域に足を踏《ふ》み入れてみせた。

外装を撃《う》ち抜くでも、張り巡《めぐ》らされた随意領域《テリトリー》を破るでもなく、虚空《こくう》に開けた『孔《あな》』を通るという、常識外れの方法で。

ブリーフィングルームには今、士道《しどう》と元精霊の少女たち、そして〈フラクシナス〉AI

のマリア、合わせて一二名の姿があった。まさに今の今まで、彼《か》の精霊〈ビースト〉の対策会議のために集結していたのである。

その表情は一様に強《こわ》ばり、視線は〈ビースト〉に注がれている。

何しろ、突然《とつぜん》己の目の前に、絶対的な力を持った捕食者《ほしよく》が出現したというのである。本能的な戦慄《せんりつ》。身体を射竦《いすく》められるのも無理のないことではあった。

しかし――

「……よう、悪いな。こんなところまで迎えに来てもらって」

士道は、冗談めかした調子でそう言うと、足を一歩前に踏み出した。

「な……士道――」

「――しっ」

士道の行動に、誰《だれ》かが慌《あわ》てた様子で声を上げかけるが、甲高《かんだか》い声がすぐにそれを制する。

ちらと見やると、そこに、真紅《しんく》の軍服を纏《まと》い、黒と白のリボンで髪を二つに括《くく》った少女の姿が認められた。

――五河《いつか》琴里《ことり》。士道の妹にして、この〈フラクシナス〉の艦長《かんちよう》である。その表情からは、士道に対する確かな信頼《しんらい》の色が見て取れた。

士道は、自分の意図を察してくれた妹に心中で感謝を述べると、〈ビースト〉の空虚な眼を真っ直ぐ見据《みす》えたまま、ゆっくりと距離《きょり》を詰《つ》めていった。瞬《まばた》きの間に〈ビースト〉が恐ろしくないといえば嘘《うそ》になる。何しろ今目の前にいるのは、自分の首を落とすことのできる存在なのだ。しかも今の士道に、精霊の加護はない。彼女にそのつもりがなくとも、ほんの戯《たわむ》れで命が摘《つ》まれてしまう可能性は十分にあった。

けれど、士道は足を止めなかった。

彼女の力が恐ろしいのは百も承知。だがその上で士道は――彼女と対話がしたいと思ってしまったのである。

一体彼女は何者なのか。

彼女の目的は何なのか。

それほどまでの力を持ちながら――なぜ、そんなにも悲痛な叫《さけ》びを上げるのか。

それを、知りたい。

そして、自分にできることがあるのなら、手を差し伸《の》べたい。

自分が精霊の力を持っているかどうかなどは関係なく。

ただ――彼女を救いたいと、そう思ってしまったのである。

「にしても、よくここがわかったな。それに今の剣、まるで――」

「――貴、様……は……」

士道の言葉を遮《さえぎ》るように。

〈ビースト〉が、掠《かす》れた声を上げた。

「……！」

微かな——ともすれば聞き逃《のが》してしまいかねないほどに小さな声音。

けれど確かな自我の証明に、少女たちが息を呑《の》むのが聞こえてきた。

しかし〈ビースト〉はそれらを気にする様子もなく、睨《ね》め付けるように士道に視線を這《は》わせながら続ける。

「……貴様は、何者だ。……なぜ、私は……ここにいる？」

それは、士道に問うているというより、自問のように思われた。戸惑《とまど》い。自分の起こした行動の意味がわからないというかのような逡巡《しゅんじゅん》。彼女の纏《まと》った剣呑《けんのん》な空気から、微かではあるがそんな色が感じられた。

「貴様の残り香を追ってきた、というのか……？　なぜ……？　私は……貴様に……一体……私は——私、は……」

「……！　まさか本当に、俺に会いにきてくれたっていうのか？」

「ア、ア、ア…………アアアアァァァァァァァァ——ッ！」

と、次の瞬間《しゅんかん》。

〈ビースト〉は悲鳴のような咆吼を上げると、士道目がけて右手を振《ふ》るった。

「────っ！」

その手の周囲には、それぞれの指に添《そ》うかのように、五本の刃《やいば》が浮遊していた。その様は、まさに獣の爪《つめ》。士道は突然のことに反応できず、ただその斬撃を迎え──

「──主様！」

「のあっ⁉」

が、そのとき、士道は服の裾《すそ》を引っ張られ、がくりと後方に倒《たお》れ込んだ。

それとほぼ同時に、五条の斬撃が虚空を裂《さ》き、ブリーフィングルームの壁を深々と切り裂く。

爆音《ばくおん》。様々な精密機器が密集した艦の内壁《ないへき》が破壊《はかい》され、炎《ほのお》と煙《けむり》が噴《ふ》き出した。その衝撃《しょうげき》を受けてか、艦がぐらりと揺れる。

「わ……っ！」

「のあっ⁉」

その震動《しんどう》に、バランスを崩《くず》した少女たちが尻餅《しりもち》をついた。

が、それをきっかけに、〈ビースト〉に射竦められていた足が動くようになったらしい。皆《みな》がじりじりと床《ゆか》を躙《にじ》るようにしながら、〈ビースト〉から距離を取っていく。

一拍《いっぱく》置いて、背中にじわりと汗《あせ》が滲《にじ》む。士道は今し方自分を引っ張ってくれた少女に目をやった。

「た、助かったよ、六喰」

「むん……間一髪《かんいっぱつ》じゃったの」

髪《かみ》をお団子に結わえた小柄《こがら》な少女が、安堵《あんど》の息を吐《つ》きながら言ってくる。

星宮六喰。彼女もまた、かつて精霊であった少女のうちの一人である。彼女がいち早く〈ビースト〉の動きを察知してくれなければ、今頃《いまごろ》士道の上半身は細切れになっていたに違《ちが》いなかった。

とはいえ、そう悠長《ゆうちょう》に生存を喜んでいるような暇《ひま》もない。〈ビースト〉の一撃《いちげき》によって損傷した艦の内壁からはもうもうと煙が立ち上り、スピーカーからはけたたましい緊急《エマー》事態通告《ジェンシーコール》が鳴り響《ひび》いている。そして何より、〈ビースト〉は未《いま》だ艦内《かんない》にいた。危機的状況《じょうきょう》であることは疑いようがない。

と、そんな中、至極落ち着いた様子の声が、涼《すず》やかに響き渡《わた》った。

「──艦内で爆発《ばくはつ》を確認。ただちに消火活動に入ります。乗組員は速やかに避難《ひなん》してください」

言って、声の主が大仰《おおぎょう》に手を掲《かか》げてみせる。するとそれに合わせて、部屋のあちこちからロボットアームが伸び、燃える内壁に消火剤《ざい》を吹《ふ》き付け始めた。

まるで、彼女が意のままに艦の設備を操っているかのような光景。しかしそれも当然のことではあった。彼女の名はマリア。この〈フラクシナス〉のＡＩが、対人用インターフェースボディを用いている姿だったのである。

「マリア、被害《ひがい》状況は⁉」

琴里が、煙から逃れるように身を低くしながら声を上げる。するとマリアはそれに倣《なら》うように膝《ひざ》を縮めながら返した。無論彼女の身体《からだ》であれば煙の直中《ただなか》にいても問題はないのだろうが、そこはこだわりがあるらしい。

「軽微《けいび》――とは言い難《がた》いですが、航行に問題はありません。ただ――」

「……ただ？」

「彼女がこのまま大人しくしていてくれれば、の話ですが」

マリアが淡々《たんたん》とした調子で言うと、煙で覆《おお》われた部屋の上部から、再び爆発音が響いた。

「きゃ……っ！」

「――アアアァァァァァァ――ッ！」

耳を劈《つんざ》く咆吼が、ブリーフィングルームに響き渡る。どうやら〈ビースト〉が、炎から噴き上がる黒煙《こくえん》と、消火剤の白煙を吹き払《はら》おうとしてか、滅茶苦茶《めちゃくちゃ》に『爪』を振るっているようだった。

濃密《のうみつ》な煙の奥から、金属が拉《ひしゃ》げるような破壊音と、断続的な爆発音が鳴り響く。そのたび、〈フラクシナス〉の巨大《きょだい》な艦体が大きく震動した。

「びゃぁぁぁぁあっ！　お、墜《お》ちるぅぅぅッ!?　何とかしてよマリえもぉぉぉん!?　自分の身体でしょぉぉぉっ!?」

艦橋の床に這い蹲《つくば》った眼鏡の女性が、涙目《なみだめ》になりながら悲鳴を上げる。――本条二亜《ほんじょうにあ》。

彼女もまた、元精霊の一人である。

その情けない様に、マリアが憐憫《れんびん》とも侮蔑《ぶべつ》ともつかない視線を彼女に落とした。

「ぴーぴーうるさいです、二亜。少しは年長者らしくドンと構えていてください」

「そんなこと言ったってぇぇぇぇ！」

と、そんな二亜の悲鳴に反応してか、〈ビースト〉がまたも『爪』を振るう。二亜の頭のすぐ上を斬撃が通り過ぎていった。二亜は顔を真っ青に染めると、両手で口を押さえて黙《だま》り込んだ。

が、事態はまったく好転していない。〈ビースト〉は未だ断続的に咆吼《ほうこう》を上げながら、艦を破壊し続けている。このままでは、如何《いか》に随意領域《テリトリー》で艦体を支えている空中艦といえど、墜落《ついらく》を免《まぬか》れないだろう。

「く……」

士道は脳裏を掠めたその考えに顔をしかめた。〈フラクシナス〉の、墜落。それは即《すなわ》ち、艦《かん》に乗っている仲間たち全員の死を表していた。

クルーたちは言うに及《およ》ばず、霊力《れいりょく》を失った元精霊《せいれい》の少女たちも例外ではない。一刻も早く〈ビースト〉をこの場所から遠ざけなければ、確実な死が待っている。

それに、問題はそれだけではなかった。彼女には空間に『孔《あな》』を開けるあの剣《けん》があるのだ。仮に何らかの方法で〈ビースト〉を艦から放り出したとしても、再び戻《もど》って来られては意味がない。

「…………っ！」

瞬間。幾度《いくど》目かの〈ビースト〉の攻撃《こうげき》によって、ブリーフィングルームの床が破壊される。口を開けた大穴から、外——眼下に広がる夜空の風景が覗《のぞ》いた。

〈フラクシナス〉は随意領域《テリトリー》で覆われた空中艦であるため、気圧差で外に吸い出されるようなことはなかったが、このまま破壊を続けられては、士道たちが艦外に放り出されてしまうのも時間の問題だろう。一刻も早くどうにかせねば——

「——」

そこで、士道は小さく息を詰まらせた。

理由は単純。頭の中に、とある考えが浮《う》かんできたのである。

「……六喰」

逡巡は一瞬《いっしゅん》。士道は〈ビースト〉をまっすぐ見据えたまま、もっとも近くにいた少女の名を呼んだ。

そして、士道を守るかのように添えられていた手を、優しく退《ど》ける。

「むん……？　どうしたのじゃ、主様《ぬしさま》」

鳴り響くアラームと爆音の中、六喰が少し不安そうに言ってくる。士道は姿勢を低く取ると、ぐっと足に力を入れながら言葉を続けた。

「——あとは……頼《たの》んだ！」

「な……っ⁉」

六喰の狼狽《ろうばい》を背に浴びながら、士道はブリーフィングルームの床を蹴《け》った。

そしてタックルをかける要領で〈ビースト〉の身体に組み付くと、そのまま〈ビースト〉とともに、艦の床に開いた穴に飛び込んだ。

〈ビースト〉が本気で構えていたなら、士道の体当たりくらいで姿勢を崩すことは叶《かな》わなかったろう。けれど濃密な煙に視界を遮られていたためか、〈ビースト〉は士道の抱擁《ほうよう》を受け入れるように後方へと倒れ込んだのである。

「悪いが、これ以上艦を壊《こわ》されちゃたまらないんでな。──ちょっとの間、空の散歩に付き合ってもらうぞ……！」

「ア──アア──ッ」

〈ビースト〉の呻《うめ》きを聞きながら、士道は──夜空に、落ちていった。

「──主さ────！」

上方から微《かす》かに士道を呼ぶ声が響いた気がしたが、凄《すさ》まじい風圧にかき消され、最後まで聞き取ることは叶わなかった。

意識が飛びそうな浮遊《ふゆう》感の中、〈ビースト〉の身体を離《はな》さぬよう両手に力を込める。

──これが、単純にして明快なる士道の思いつき。〈ビースト〉を艦から遠ざける方法。

とはいえ、士道とて死にたいわけではない。だからこそ空にダイブする直前、士道は言葉を残してきたのだ。

そう。──あとは頼んだ、と。

「……ッ、妹御《いもうとご》！　マリア！　主様が〈ビースト〉を連れて落ちたのじゃ！」

六喰は、喉《のど》から漏《も》れかけた悲鳴をなんとか御《ぎょ》して、琴里とマリアに事態を速やかに伝達した。

未だ頭は混乱している。目の前から士道が消えてしまった衝撃は、激しく六喰の心臓を収縮させていた。

だが、ショックを受けている暇などは一秒たりともなかった。爆音とアラーム、そして濃密な煙に阻害《そがい》され、この場で現状を正確に把握《はあく》できているのは、士道の側《そば》にいた六喰のみだったろう。ならば、一刻も早くこの状況を伝えることこそが、士道に言葉を託《たく》された者の使命だった。

「なんですって⁉」

「――っ、了解《りょうかい》。随意領域《テリトリー》拡大。対象を保護します」

六喰の言葉に応えるように、琴里とマリアの声が響き渡った。

そして一拍置いたのち、再度マリアが静かな声を上げる。

「……〈ビースト〉の抵抗《ていこう》により捕捉《ほそく》は破られましたが、士道を随意領域《テリトリー》で一時的に保護することには成功しました。効果持続時間は約三六〇秒。落下の衝撃には耐《た》えられるでしょう。ですが――その後のことは保証できません」

「いえ、上出来よ。よくやってくれたわ、マリア。――六喰も、ありがとう。あなたがいなければ、対応が遅《おく》れていたかもしれない」

「いや……大したことはしておらぬ」

それは謙遜《けんそん》でもなんでもなく、悔恨《かいこん》に満ちた六喰の本心であった。ぎりと奥歯を嚙《か》みしめながら、無力感に顔をしかめる。

そう。六喰にはそれくらいのことしかできなかった。

もしもこの手に精霊の力があったなら、直接士道を助けることができただろうに。——否《いな》、それ以前に、士道にあのような危険な手段を取らせることさえなかったろうに。

「…………」

そこまで考えたところで、頭の中に疑問が生じる。

存在するはずのない謎《なぞ》の精霊〈ビースト〉。彼女はこの〈フラクシナス〉の中に、空間に『孔』を開けることによって侵入《しんにゅう》してきた。

そう。形こそ違えどその力は、かつて六喰が手にしていた鍵《かぎ》の天使〈封解主《ミカエル》〉そのものだったのである。

あの精霊は、何か六喰と関係があるのだろうか。六喰に関わる何かが、士道を窮地《きゅうち》に追い込んでいるというのだろうか。それを考えると、六喰は段々と呼吸が浅くなっていくのを感じた。

と——

「──！」

そこで再度、六喰は息を詰《つ》まらせた。

六喰の思考を遮《さえぎ》るように、新たなアラームが鳴り響《ひび》いたのである。

「何ごと⁉」

琴里が顔を上げ、喉を震《ふる》わせる。

するとマリアが、眉根《まゆね》を寄せながらそれに応えた。

「……、悪い報せです。〈ビースト〉が空中で暴れたため、二人の落下予測地点が天宮市《てんぐう》街から大幅《おおはば》にずれました。このままでは、非避難《ひなん》地域に〈ビースト〉が墜落します」

「な……」

マリアの言葉に目を剥《む》いた琴里だったが、すぐに思い直すように頭《かぶり》を振《ふ》り、指示を発する。

「〈世界樹の葉《ユグド・フォオリウム》〉を一番から一一番まで射出。防護の効果が切れる前に、士道を再度随意領域《テリトリー》で覆ってちょうだい！　そののち、士道と〈ビースト〉の周囲に結界を形成！　住民の避難が終わるまで時間を稼《かせ》ぐわ！」

「了解──と言いたいところですが、それは不可能です」

「どういうこと？」

意外なマリアの返答に、琴里が眉根を寄せる。

するとマリアは空中に手をかざし、そこに映像を投影《とうえい》してみせた。——簡略化された〈フラクシナス〉のシルエット。その随所《ずいしょ》に、赤いマークが幾《いく》つも記されていた。

「先ほどの〈ビースト〉の攻撃により、センサー類と操作系統が深刻な被害《ひがい》を受けてしまいました。〈世界樹の葉《ユグド・フォリウム》〉の遠隔《えんかく》操作は非常に困難です」

「……！」

「なんじゃと……!?」

琴里が息を詰まらせるのと同時、六喰は思わず渋面《じゅうめん》を作った。

それはそうだ。〈世界樹の葉《ユグド・フォリウム》〉が使用できないということは、今から六分弱のあと、あの荒《あら》ぶる〈ビースト〉を前に、士道を護《まも》る壁《かべ》が一切なくなってしまうことを示していたのである。

そして、それが意味するのは、即ち——

「…………っ」

六喰は、胸に去来する最悪の想像を抑《おさ》えるように、切り揃《そろ》えられた髪《かみ》の先端《せんたん》を指先に巻き付け、ぎゅっと握《にぎ》りしめた。

◇

「……ふむん……」

――〈ビースト〉が天宮市に現れる数ヶ月前。

士道は、微かに揺《ゆ》れる車の後部座席に腰《こし》かけながら、時折響いてくるそんな呟《つぶや》きを聞いていた。

呟きの主は、隣《となり》に座る少女――星宮六喰である。小柄《こがら》な体軀《たいく》にあどけない童顔。しかしその身体《からだ》を締《し》め付けるシートベルトは、彼女の胸元を押さえ付けること叶わず、二つの山の間を流れる渓流《けいりゅう》のようになっていた。……正直、目のやり場に困る士道ではあった。

とはいえ、今はそれよりも気になることがある。先ほどから六喰が、落ち着かない様子で息を吐《は》きながら、三つ編みに結わえた髪の毛先を弄《もてあそ》んでいたのだ。

長い――あまりに長い髪である。今のように首元にくるりと巻いていなければ、恐《おそ》らく直立していたとしても、地に触《ふ》れてしまうと思えるくらいに。

「ふむん……、むん……」

六喰が三つ編みの先端をくるくると回し、そのまま鎖鎌《くさりがま》の分銅を投げるかのように放ってみせる。そんな動作に、士道は苦笑しながら声をかけた。

「大丈夫《だいじょうぶ》か、六喰」

「……！　むん？」

士道が言うと、六喰は驚《おどろ》いたように目を丸くした。

「なぜじゃ？」

「いや、さっきから髪の先弄《いじ》ってるからさ。なんか、落ち着かないのかなって」

「ふむん……」

士道の言葉に、六喰が自分の指に視線を落とす。

「主様は、むくのことをよく見ておるの。じゃが、気にするでない。大丈夫じょ」

「じょ？」

「…………」

士道が首を傾《かし》げるも、六喰は自分の言葉に気づいていない様子で、再び視線を前に戻《もど》し、髪を弄び始めた。

まあ、大丈夫と言っているのにそれ以上指摘《してき》するのもしつこいだろう。士道は苦笑しながら前を向いた。

と、それからどれくらい経った頃《ころ》だろうか。

「主様、主様」

「ん？　なんだ？」

六喰に呼ばれてそちらを見やると、六喰が髪の毛先を自分の鼻の下に押し当てていた。

「ひげ」

「ブフッ!?」

突然《とつぜん》のことに、思わず咳《せ》き込んでしまう。

どうやら運転席に座る〈ラタトスク〉機関員・椎崎《しいざき》も、バックミラー越《ご》しにそれを見ていたらしい。車が軽く蛇行《だこう》した。

「お、落ち着け六喰。そんなに緊張《きんちょう》しなくてもいいから」

「むん？　落ち着いておるぞ？」

「…………」

どう見ても嘘《うそ》だった。……いや、六喰には自覚がないのかもしれなかったが、明らかにいつもの六喰ではなかった。目は落ち着きなく泳いでいたし、貧乏揺《びんぼうゆ》すりは止まらなかったし、時折今のように謎のギャグを挟《はさ》んできたりもした。

……とはいえ、それも無理のないことなのかもしれない。

何しろこの車は今——かつて六喰が住んでいた街へと向かっていたのだから。

「……むん」

六喰は小刻みに揺れる足を押さえるように、膝《ひざ》に手を置いた。

あまり自覚はないのだが、士道の反応を見るに、どうやら今の六喰は少し浮《うわ》ついてしまっているらしい。心配をかけるのは本意ではない。六喰は心を落ち着けるように深呼吸をした。

だが、今から向かう場所のことを思うと、その意志とは裏腹に、動悸《どうき》はどんどん大きくなっていくのだった。

「…………」

──〈ラタトスク〉の情報によれば、その街にはまだ、六喰の両親と姉が住んでいるという話だった。

両親と姉といっても、血の繋《つな》がった間柄《あいだがら》ではない。

孤児《こじ》であった六喰を受け入れてくれた、義理の家族。

六喰に愛を教えてくれた、かけがえのない人々。

そして──六喰がその手で壊《こわ》してしまった、かつての居場所。

六喰は今、数多《あまた》の思い出と後悔《こうかい》が詰まった場所に、再び足を踏《ふ》み入れようとしていたのである。

「……六喰。ここまで来て何だけど、もし気が進まないなら、無理は――」

士道が心配そうな眼差しをしながら言ってくる。が、六喰はゆっくりと首を横に振った。

「大丈夫じゃ。今のむくには、主様《ぬしさま》がいるでの」

そう。六喰はもう、一人ではない。家族になると言ってくれた士道がいる。元精霊《せいれい》という同じ経歴を背負った仲間たちがいる。だからこそ、六喰は今日、己の過去と向き合う決心をしたのだ。

――幼い頃、身寄りのなかった六喰は、星宮家に養子として迎《むか》えられた。

優しい両親に、大好きな姉。素晴らしい家族に囲まれて、幸せ一杯《いっぱい》に暮らしていた。

綻《ほころ》びができたのはいつのことだったろうか……姉が、六喰の知らない友人を連れてきたときだ。

別段、大したことは起こっていない。ただそれだけのことだ。けれど当時の六喰にとってその友人の存在は、大好きな姉を自分から奪《うば》ってしまう侵略《しんりゃく》者のように見えてしまったのだ。

そのときだ。六喰の前に〈ファントム〉が現れ、六喰を精霊に変えたのは。

鍵《かぎ》の天使〈封解主《ミカエル》〉の力を得た六喰は、人心を思うがままに操作し、無邪気《むじゃき》に自分の周りの世界を作りかえていった。両親が、姉が、自分だけを愛してくれるように。

けれどそんな杜撰《ずさん》な力の行使は、すぐに姉や両親の知るところとなる。

人智《じんち》を超《こ》えた力を振るう六喰を目の当たりにした彼女らの反応は——恐怖《きょうふ》、そして、拒《きょ》絶《ぜつ》であった。

今思えば、無理もない話だ。自分の妹と、娘《むすめ》と思っていた少女が、いつの間にか人間ではない何かに変貌《へんぼう》を遂《と》げていたというのである。彼女らの恐怖も当然ではあった。

だが、あのときの六喰には、それが耐《た》えられなかった。

当時の六喰にとって家族は全てであり、その家族に拒絶されるということは——己の世界の崩壊《ほうかい》に他ならなかったのである。

六喰は〈封解主《ミカエル》〉によって姉と両親の記憶《きおく》を『閉じ』ると、誰《だれ》の手も届かない宇宙へと逃《に》げ延《の》びた。

そして〈封解主《ミカエル》〉を自分の胸に突《つ》き刺《さ》し、己の心に鍵を掛《か》けて、永遠に彷徨《さまよ》うことを選んだのだ。

何も思わず。何も感じず。何も考えず。

ただ、石のように地球の周りを漂《ただよ》うだけの、物言わぬ個体。

何とも身勝手で、我が儘《まま》で、救いようのない精霊。それが、星宮六喰という女だった。

だが――それから数年後。そんな六喰を見つけ、無理矢理手を差し伸《の》べた、どうしようもないお節介者《せっかいしゃ》が現れた。

それが、五河士道。今の六喰の、新たな家族であった。

「……だから――もう、大丈夫なのじゃ。……何を、見ることになろうとも」

「六喰……」

「まゆげ」

「ぶぉフッ!?」

六喰が髪の先を目の上に押し当てながらぽつりと呟くと、士道は大きく咳き込んだ。ついでに車がまた蛇行した。

「お、おまえなあ……」

「すまぬすまぬ。冗句《じょうく》じゃ」

六喰は小さく笑いながらそう言うと、きゅっと拳《こぶし》を握りながら、窓の外を眺《なが》めた。

昔の面影《おもかげ》が残る景色が、左から右に流れていく。緑の多い郊外《こうがい》の住宅地である。都市部よりもゆったりとした間隔《かんかく》で、ぽつぽつと一軒家《いっけんや》が建っていた。

「――この辺りで停めてもらえるかの」

車が小高い丘《おか》に差し掛かった辺りで、六喰はそう声を上げた。運転席に座る椎崎が、小さく返事をしながら緩《ゆる》やかにブレーキを踏む。

「ここでいいんですか?」

「むん」

そう言ってシートベルトを外し、車の外に出る。すると士道もまたそれに倣《なら》うように車を降り、六喰の隣に並んできた。

「……ん? 六喰の家って、どれだ?」

言いながら、不思議そうに士道が辺りを見回す。それもそのはず。六喰が停車を指示した場所には、それらしき家が建っていなかったのである。

「あれじゃ」

六喰は短く言うと、一〇〇メートルほど離《はな》れた位置にある一軒家を指し示した。

ただそれだけの動作にも、緊張感《きんちょうかん》が伴《ともな》う。——懐《なつ》かしい我が家。手入れの行き届いた庭に、年を経た壁面《へきめん》。濃紺《のうこん》の屋根には天窓が付いており、そこから外に出られるようになっていた。

嗚呼《ああ》、そうだ。今もはっきりと思い出せる。姉と二人、屋根に上って星を眺めた幼い日のことが。

「——っ」

それを思い起こすと、家を指し示す指が微《かす》かに震《ふる》えた。呼吸が乱れ、肩《かた》に巻かれた髪《かみ》が揺《ゆ》れる。

「…………」

するとそれに気づいたのか、士道が無言で、六喰の肩に手を置いてきた。その温かな感《かん》触《しょく》によって、ようやく落ち着きを取り戻す。

「……すまぬ、主様。覚悟《かくご》は決めていたつもりなのじゃが」

「いいさ。俺だって似たようなもんだ」

言って、士道が小さく笑う。そういえば、士道もまた六喰と同じように、五河家に養子に迎えられた孤児であったのだった。――まあ、士道の場合はまた少々事情が複雑ではあったのだけれど。

と――

「…………！」

六喰は、そこでハッと肩を揺らすと、士道の方に向けていた視線を家の方に戻した。

――不意に家の扉《とびら》が開いたかと思うと、そこから、三人の人影《ひとかげ》が歩み出てきたのである。

一人は、五〇歳ほどの男性。もう一人は、男性と同じくらいの歳《とし》の、優しそうな女性。

そしてもう一人は――二〇代中頃《なかごろ》の、目鼻立ちのはっきりした長身の女性であった。

小さく、喉《のど》から声が漏《も》れる。

間違《まちが》いない。間違えようがない。

皆《みな》少し歳を取ってはいたが、それは紛《まぎ》れもなく――

かつて六喰を迎え入れてくれた、両親と姉の姿だったのである。

「父様……母様……、姉……様……」

休日だからだろうか。皆私服に身を包み、気安い調子で談笑している。

きっと、これから買い物にでも出かけるのだろう。

その様は、どこからどう見ても、幸せな家族に他ならなかった。

「――あ……あ、あぁ……ッ」

それを、見て。

六喰は、小さな嗚咽《おえつ》とともにその場に膝を突いた。

「……！　六喰！　大丈夫《だいじょうぶ》か⁉」

突然の六喰の行動に、士道が心配そうに膝を折ってくる。

だが、止まらなかった。止められなかった。両の目から溢《あふ》れ出た涙《なみだ》がぽたりぽたりと垂れ落ち、地面に染み込んでいく。頬《ほお》は紅潮し、鼻は詰《つ》まり、喉の奥からは唸《うな》るかのような声が滲《にじ》み出ていた。

だがそれは、決して慟哭《どうこく》とかと呼ばれるものではなかった。悲しみや後悔からくるものではなかった。

そう。今六喰の肺腑《はいふ》を満たしていたのは——

「……………よかった……ッ」

——そんな、安堵《あんど》の念だったのである。

嗚呼、こうして両親と姉を目の前にして、ようやく自覚する。

自分は——怖《こわ》かったのだ。恐《おそ》ろしくて仕方がなかったのだ。

数年前、天使の権能を用い、六喰に関する記憶を全て『閉じ』てしまったかつての家族。

自分が犯してしまった過《あやま》ちが、愛する家族に不幸をもたらしているのではないかと、ずっとずっと、恐れていたのだ。

それは、琴里に今の星宮家のことを聞いてもなお、完全には拭《ぬぐ》い去れない懸念《けねん》であった。

けれど、今六喰の視線の先に姿を現した星宮家の面々は、年齢《ねんれい》こそ重ねてはいたものの、六喰の記憶にある幸せな家族そのものだったのである。

「本当に……よかったのじゃ……」

「六喰……」

六喰の言葉から、そして表情から、その心を推し量《はか》ってくれたのだろう。士道が、優しく背を撫《な》でてくれる。六喰は手探りで士道の服の袖《そで》を摑《つか》むと、それを引き絞《しぼ》るようにきゅうと握《にぎ》りしめた。

「……って、六喰ちゃん、士道くん！　急がないと！　ご家族、外出しちゃいますよ⁉　せっかく会いにきたのに！」

と、そんな六喰と士道の背に、慌《あわ》てた様子で椎崎が声をかけてくる。

確かに彼女の言うとおり、六喰の両親と姉は車庫に停めてある車に乗り込もうとしていた。――ちなみに、運転をするのは姉らしい。ああ、運転免許《めんきょ》を取ったのか、と、不思議な感慨《かんがい》を覚える六喰だった。

「……いいのじゃ」

六喰は呼吸を整えると、手の甲《こう》で涙を拭ってゆっくりと立ち上がった。

「姉様たちが、幸せに暮らしてくれている。……それが知れただけで、十分じゃ」

車に乗り込む家族を遠目に見つめながら、続ける。

「――その団欒《だんらん》が、むくを忘れたことによるものだとするならば、どうしてそれを邪魔《じゃま》できよう」

澪《みお》の消滅《しょうめつ》とともに、全ての精霊《せいれい》の力は消え去った。それは六喰が有していた鍵の天使

〈封解主《ミカエル》〉も例外ではない。

けれど琴里の話によれば、天使が消滅したからといって、天使の力によって変容された

ものが、すぐさま元に戻《もど》るとは限らないらしい。美九《みく》の『声』によって操作された大衆の

記憶のように、六喰の家族もまた、六喰のことを忘れたままである可能性が高いというの

だ。

しかしそれは、少しのきっかけでその鍵が外れるということを示してもいる。それこそ

──六喰と対面したならば、その瞬間《しゅんかん》に『閉じ』られた記憶が甦《よみがえ》ってしまうかもしれなか

った。

「そんな……それで、いいんですか？」

「──それが、いいのじゃ」

六喰はそう言うと、走り去る家族の車に、小さく手を振《ふ》った。

そしてその姿が見えなくなるまで見送ってから、大仰《おおぎょう》な仕草を伴って大きく息を吸う。

「ん──」

活力が、身体《からだ》の端々《はしばし》にまで行き渡《わた》るかのような感覚。六喰は天を仰《あお》ぐように顔を上げる

と、肩に巻いていた三つ編みを解き、そのままステップを踏《ふ》むかの如《ごと》く、辺りを踊《おど》り回っ

た。

──美しい金色の髪が風に遊び、陽光を受けてきらきらと輝《かがや》く。

六喰のもっとも大切なものが。姉が綺麗《きれい》と褒《ほ》めてくれた、髪が。

「……ふ」

六喰はそれを目の端で捉《とら》えると、ふっと頬を緩め、士道たちの方に視線を戻した。

「のう、主様《ぬしさま》。鋏《はさみ》でもなんでもいい。切れるものを持ってはおらぬかの？」

「え？」

士道は目を丸くすると、少し思案を巡《めぐ》らせてから車の扉を開け、ダッシュボードから小さなカッターナイフを持ってきた。

「こんなのならあったけど……」

「上等じゃ」

六喰は小さくうなずいてそれを受け取ると、カチカチと刃《は》を伸ばし──

「──むん」

長い髪を適当に手で束ねると、それを一息に刈《か》り取った。

「な……っ」

「ええっ⁉」

士道と椎崎が驚愕《きょうがく》の声を上げる。

六喰はそんな二人の顔が妙《みょう》に可笑《おか》しくて、少し笑ってしまった。

「何を驚《おどろ》くのじゃ？　主様は言ったではないか。むくの髪を切ってくれると」

「それはまあ……そうだけど。……いいのか？　そんな、大胆《だいたん》に」

「いいのじゃ」

六喰は晴れやかな顔で言うと、家族の走り去った道を眺《なが》めた。

「主様に髪を切ってくれと言いながら、きっとむくは、まだ心のどこかで迷っておったのじゃ。……じゃが、今の姉様たちを見て、ようやく腹が決まった」

新たな六喰になる決意であり、もう二度と家族の前に姿を現さないというけじめ。

その意志を示す行動に、これ以上の心当たりはなかったのである。

「──そっか」

士道は数瞬《すうしゅん》の間、逡巡《しゅんじゅん》するような顔をしていたが、やがてそう言って頬を緩めた。

優しい士道のことだ。家族と会わないという六喰の選択《せんたく》に、思うところもあったのかもしれない。けれど彼はその上で、六喰の意志を尊重してくれたのだろう。

至極短い言葉。けれどそれに込められた彼の気遣《きづか》いが嬉《うれ》しくて、六喰は士道に笑顔を向けてみせた。

「ふむん……しかし、やはり己の手では上手くいかぬの。──家に戻ったら、整えてくれるか？」

六喰が言うと、士道はしばしの間きょとんとしたのち——

「ああ、任せとけ。世界一の美女にしてやるよ」

ふっと微笑《ほほえ》みながら、そう返してきた。

◇

——動悸《どうき》が、どんどん激しくなる。

額に背に汗《あせ》が滲《にじ》み、喉が張り付くかのような感覚。指先が痺《しび》れ、二足で立っているのも困難になる。

士道が。六喰の家族が、危機に晒《さら》されつつある。それを考えただけで六喰は、いても立ってもいられなくなった。

「く……ッ！」

六喰は、半ば無意識のうちにブリーフィングルームの床《ゆか》を蹴《け》っていた。

「——六喰⁉」

琴里の声が、背に投げられる。が、六喰は構うことなくブリーフィングルームの出入り口へと向かった。

しかし、六喰が部屋を出る寸前で、その前にすっと一人の少女が歩み出てくる。まるで、六喰の行動を先読みでもしていたかのように。

「どこへ行かれますの、六喰さん」

この窮地《きゅうち》にあって不自然なほどに落ち着いた声音で、少女が言ってくる。艶《つや》やかな黒髪《くろかみ》に白磁の肌《はだ》。その涼《すず》しげな眼差しからは、年格好に似合わぬ妖艶《ようえん》さが滲み出ていた。

時崎狂三《ときさきくるみ》。かつて最悪の精霊と謳《うた》われた、元精霊の一人である。

「……知れたこと。艦橋《かんきょう》じゃ。あそこには転送装置があろう。当該《とうがい》地点に達したなら、むくを地上に送ってもらうのじゃ」

「な……」

六喰の言葉に、背後から狼狽《ろうばい》の声が聞こえてくる。だが、狂三は驚いた素振《そぶ》りも見せずに目を細めるのみだった。

「気持ちはわかりますけれど、今のあなたに何ができまして？　何の備えもなく向かったところで、〈ビースト〉にやられてしまうのが落ちですわよ」

「……構わぬ。むくが気を引くことで一時《ひととき》でも主様に猶予《ゆうよ》が生まれるならば。主様が〈ビースト〉を止めてくれる可能性がほんの少しでも上がるのならば。この命、使う価値がある」

「あら、あら……」

狂三が、指先であごを撫でながら、戯《おど》けるように首を傾《かし》げる。六喰はそんな狂三の態度に微《かす》かな苛立《いらだ》ちを覚えながら、狂三を押しのけるように足を進めようとした。

「止めてくれるな、狂三。むくは――」

「止めますわよ。貴重な戦力を徒《いたずら》に失うわけにはいきませんもの。ねえ――折紙《おりがみ》さん？」

「むん……？」

狂三が発した予想外の言葉に、六喰は目を丸くした。

するとそれに応ずるように、また一人の少女が歩み出てくる。肩口《かたぐち》をくすぐる髪《かみ》。表情のない面《おもて》。――元ASTにして士道のクラスメート、鳶一《とびいち》折紙だ。

折紙は冷静な表情を保ったまま、しかしその目の奥に確かな意志の光を湛《たた》えながら、六喰の目をジッと見つめてきた。

「――そこまで覚悟《かくご》が決まっているのなら、一つだけ、方法がある」

「方法……？」

六喰は、微かに眉根《まゆね》を寄せながら、そう問い返した。

◇

「――んん……」

深夜。労働基準法を軽やかに無視した会社と、終業後の飲み会からの帰路を歩いていた朝妃《あさひ》は、なんとはなしに伸《の》びをした。

背中が微かに軋《きし》みを上げ、肩《かた》が鈍《にぶ》い音を立てる。まだ二〇代半ばだというのに、随分《ずいぶん》とガタがきたものだ。自嘲《じちょう》気味に笑いながら、視線をふっと上に向ける。

空には満天の星……とまではいかなかったけれど、まばらな星がぽつぽつと見受けられた。その僅《わず》かな輝きを慰《なぐさ》みに、ふうと息を吐《は》く。正直に言えば物足りなさを感じないでもなかったが、都心の闇夜《やみよ》に比べれば幾分《いくぶん》かはましだろう。

昔から、朝妃は星が好きだった。

なぜと言われても困ってしまう。むしろ物心ついたとき、空に鏤《ちりば》められたキラキラを見て、心奪《うば》われない者がいたならば教えて欲しいくらいだった。――まあ、もしかしたら、自分の名前もその一因を担っているのかもしれなかったけれど。

「……なんか、久々だな」

ふと、唇《くちびる》からそんな言葉が零《こぼ》れる。

別にそれを聞かせる相手がいたわけではない。深夜の街路はシンと静まりかえっており、朝妃以外に人間の姿は見受けられなかった。

ただ、少し感慨深《かんがいぶか》くなっただけだ。――随分と、星を見る機会が減ってしまった。学生の頃《ころ》は、それこそ毎日のように実家の屋根に上り、天体観測の真似事をしていたというのに。

あの頃の夢は、確か天文学者になることだった。星の位置を指さし、星座を描《えが》き、得意げにそう語ったのだ――

「あれ？」

そこで、朝妃は首を捻《ひね》った。

星を見ながら夢を語った。確かにそれは間違《まちが》いない。しかし、誰《だれ》にそれを語ったのかがよく思い出せなかったのである。

友だちだったか、母だったか、はたまた妹だったか……などと考えを巡らせ、いやいや、と頭《かぶり》を振る。そりゃあ、妹がいたならきっとそうしていたに違《ちが》いないが、残念ながら朝妃は昔から一人っ子だった。

「…………」

まあ、昔の記憶《きおく》なんてそんなものだろう。朝妃は頭の中でそう結論づけると、小さく肩をすくめた。

――と。

「ん？」

そのときであった。視界の端に、何か煌《きら》めくものが映ったのは。

「え、もしかして流れ星？」

朝妃は慌《あわ》ててそちらに顔を向けると、焦点《しょうてん》を合わせるように目を細めた。

すると、真っ暗な夜空に、何かが光の軌跡《きせき》を描いていることがわかる。

だが――様子がおかしい。普通《ふつう》ならば一瞬《いっしゅん》で消えるはずの流れ星の輝きが、少しずつ強さを増しているように見えたのだ。

そう、まるで、段々とこちらに近づいてくるかのように――

「――っ!?」

次の瞬間。

視界が光に包まれたかと思うと、凄《すさ》まじい衝撃波《しょうげきは》が、朝妃を襲《おそ》った。

◇

――爆音《ばくおん》と閃光《せんこう》が、感覚器を蹂躙《じゅうりん》する。

「うぐ……っ！」

それと同時、身体《からだ》に凄まじい衝撃を覚え、士道は思わず低い苦悶《くもん》を発した。

全身が鈍く痛む。視界が明滅《めいめつ》する。ほんの少しでも気を抜《ぬ》けば意識が途切《とぎ》れそうになる。

だが、士道は強靭《きょうじん》な意志でそれらを全て御《ぎょ》すると、奥歯が割れんばかりに歯を食いしばりながら、よろよろと身を起こした。

恐《おそ》らく、二年前の士道ならば耐《た》えられなかったに違いない。だが、幾人《いくにん》もの精霊《せいれい》や魔術師《ウィザード》と対し、人智《じんち》を超《こ》える力を振《ふ》るってきた士道にとっては、今のこの状態さえ『最悪』ではなかった。

意識がある。目が見える。手足が動く。内臓にも致命的《ちめいてき》な損傷は——多分、ない。

ならば、十分だ。士道がやろうとしていることは闘争《とうそう》ではない。今この身体に求められているのは、相手を打ち倒《たお》す暴力ではなく、言葉を囁《ささや》き抱擁《ほうよう》を交わす、親愛の表現だったのだから。

そう。ダメージがこの程度で済んでよかった。心中で感謝を捧《ささ》げる。

士道の身体の周りには今、不可視の膜《まく》のようなものが張られていた。——随意領域《テリトリー》。顕現装置《リアライザ》を以《もっ》て形成される、超常《ちょうじょう》の結界である。六喰は、きちんと士道の意を汲《く》んで、マリアたちに状況《じょうきょう》を伝えてくれたらしい。

何しろ、高度一万五〇〇〇メートルからの自由落下である。もしこの結界がなければ、士道の身体はバラバラに弾《はじ》け飛んでいても不思議ではなかった。

しかし、まだここからだ。ゆっくりと呼吸を整え、顔を上げる。

辺りに広がっていたのは、天宮市ではない夜の街の風景だった。どうやら〈ビースト〉と士道が空中で暴れたからか、落下位置がずれてしまったらしい。その上、〈ビースト〉と士道の墜落《ついらく》の衝撃によって、地面には大きなクレーターができている。舗装《ほそう》された道路は陥没《かんぼつ》し、街灯が拉《ひしゃ》げ、バチバチと電気の火花を散らしていた。

そして、その直中《ただなか》に——

「————ア、アア——」

月明かりを浴びながら、その少女は佇《たたず》んでいた。

〈ビースト〉。この世に唯一《ゆいいつ》の、精霊。

「……よし」

その姿に、士道は小さく拳《こぶし》を握《にぎ》った。——己の直感が外れていなかったことを確信して。

〈ビースト〉は恐らく、六喰の〈封解主《ミカエル》〉のように、空間を越える剣《けん》を持っている。もしそれを使われてしまったなら、どれだけ〈フラクシナス〉から遠ざけても意味がない。

だが、艦内《かんない》で〈ビースト〉が発した言葉から、士道の脳裏には一つの可能性が浮《う》かんでいたのである。

そう。他ならぬ、士道の存在だ。

理由はわからなかったが、どうやら〈ビースト〉は士道を追って〈フラクシナス〉にやってきたらしかった。ならば士道が一緒《いっしょ》に艦外《かんがい》に出れば、〈フラクシナス〉を襲うことはないのではないかと考えたのだ。

もしかしたらそれは、思い焦《こ》がれて、とか、興味を持って、などという素敵な理由ではなく、獲物《えもの》を逃《に》がすまいという執念《しゅうねん》の表れだったのかもしれないけれど——それならそれで構わない。

それが親愛の情でないとしても、獲物として士道が『特別』であったなら、十分意味がある。

なぜならそれは、少なくとも彼女に、『執着《しゅうちゃく》』という感情があることを示していたのだから。

「貴、様……」

ゆらり、と陽炎《かげろう》のように身体を揺《ゆ》すりながら、〈ビースト〉が士道を睨《にら》み付けてくる。

士道は心を落ち着けるように息を吐くと、その射殺《いころ》すような視線を真っ直ぐに受け止めながら言葉を返した。

「いつまでも貴様貴様って言わないでくれよ。俺の名前は五河士道だ。——よろしくな」

「……イ……ツカ……、シ、ドー……？」

〈ビースト〉は、掠《かす》れた声で士道の名を呼ぶと――

「……ぐ、ぁ、ぁ、ぁ、ァ、ァ、ァ、ァ――――」

何やら強烈《きょうれつ》な頭痛を感じるかのように頭を押さえ、呻《うめ》くように叫《さけ》びを上げた。

「……っ、だ、大丈《だいじょう》――」

「ア……アアアアア――ッ！」

士道が突然《とつぜん》苦しみだした〈ビースト〉の身を案じて近づこうとするも、〈ビースト〉にそれを受け入れるつもりはないようだった。咆吼《ほうこう》とともに、背に負った剣のうち、左端《ひだりはし》に位置するものを振るってくる。

瞬間、剣の刀身が光り輝《かがや》いたかと思うと、そこから幾条もの光線が放たれ、周囲を破壊《はかい》していった。

「く……っ！」

士道は地面を蹴《け》ると、その場から飛び退《の》いた。如何《いか》に随意領域《テリトリー》の加護を受けているとはいえ、天使の直撃《ちょくげき》を喰らうわけにはいかないだろう。

と――

「な……」

そこで、士道は気づいた。

士道たちの落下から一拍遅《いっぱくおく》れるようにして、辺りにけたたましいサイレンの音が鳴り響《ひび》いたことに。

「非避難《ひなん》地域……ッ」

士道は呻くように喉《のど》を絞《しぼ》った。

そう。〈ビースト〉が現れた天宮市内には空間震《くうかんしん》警報が発令されていたが、この地域にはまだ避難勧告《かんこく》が出ていないらしかった。

幸い、士道たちが落下した箇所《かしょ》は住居などではなかったようだったが、クレーターの周囲には、明かりの点《つ》いた建物がぽつぽつと見える。このまま〈ビースト〉が暴れたなら、大変な被害《ひがい》が出てしまうだろう。

「く……!」

士道は渋面《じゅうめん》を作った。〈ビースト〉を見据《みす》えながら、思考を巡《めぐ》らせる。――自分一人ならば何とでもなると思っていた。だが、こうなってしまっては話が違う。住民に被害を出すわけにはいかない。見たところここは郊外《こうがい》。人の数もそう多くはない。だが、今は深夜。昼間よりも避難までに時間がかかるだろう。辺りから人がいなくなるまで一体何分かかる? それまで〈ビースト〉を抑《おさ》えられるのか? いや、抑えるんじゃない。攻略《こうりゃく》するんだ。他に手は――

「──アアアァァァアァッ！」

士道の思考を裂《さ》くように、〈ビースト〉が吼《ほ》える。それと同時、彼女の剣から再び無数の光線が放たれた。

思考が、一瞬士道の動きを遅《おく》らせた。白光が夜闇《よやみ》を裂いて、士道の肩《かた》に着弾《ちゃくだん》する。

「ぐ……っ！」

衝撃。士道の身体を覆《おお》っていた随意領域《テリトリー》がそれに反応し、着弾した一点に強度を集中させた。

そのおかげで、どうにか士道の腕《うで》は千切《ちぎ》れ飛ばずに済んだが──その衝撃に、随意領域《テリトリー》は耐えきれなかったらしい。士道を護《まも》っていた不可視の結界が、音もなく霧散《むさん》してしまう。

それはつまり、もう『次』がないことを示していた。

「……っ！」

だが、士道はその場から逃げるわけにはいかなかった。今〈ビースト〉の前から士道という目標を遠ざけるわけにはいかない。もし彼女が無作為《むさくい》に暴れてしまったなら、避難できていない周囲の住民たちに被害が及《およ》んでしまう。

だから、士道は改めて覚悟《かくご》を決めた。足を踏《ふ》ん張り、両手を掲《かか》げながら、喉よ潰《つぶ》れよと言わんばかりに絶叫《ぜっきょう》を上げる。

「──俺は！　君のことが知りたい！　君は一体誰《だれ》なんだ⁉　君の望みは何なんだ⁉　俺に敵対の意志はない！　ただ君と、話したいだけなんだ！」

「────、────」

士道の声に、〈ビースト〉が微《かす》かに反応を示す。

だが──それだけだった。

「アァ……ッ！」

〈ビースト〉は短く声を上げると、手にした剣を振るってきた。

光線が闇を裂き、士道に向かって伸《の》びてくる。

「く──」

士道は衝撃に備えて身を固くした。

無論、そんな体勢を取ったところで、天使の攻撃《こうげき》に生身の人間が耐えられるはずはない。

だが、士道は諦《あきら》めなかった。自分に選び取れる選択肢《せんたくし》を手放そうとはしなかった。

──だからこそ、士道は見逃《みのが》さなかった。

空から光が降り注ぎ、〈ビースト〉の攻撃を防いだのを。

「え……⁉」

まさか、都合良く隕石《いんせき》でも降ってきたというのだろうか。突然のことに目を見開き、顔を上げる。

するとそこには、ぼんやりとした輝きを放つ、菱形《ひしがた》の巨大《きょだい》な『葉』の姿があった。〈世界樹の葉《ユグド・フォリウム》〉。〈フラクシナス〉が誇《ほこ》る、自律稼働《かどう》ユニットである。どうやら士道の身を救ってくれたのは奇跡《きせき》などではなく、〈フラクシナス〉であったらしい。

が、それだけではない。天を仰《あお》ぐ士道のもとに、小柄《こがら》なシルエットが降り立った。

「──無事か、主様《ぬしさま》」

「！　六喰!?　一体なんでここに!?」

そこに現れた少女の姿に、士道は思わず声を上げた。

そう。〈フラクシナス〉の中にいるはずの少女・六喰が、地上に降り立っていたのである。

──その頭部に、小さなヘッドセットのようなものを着けて。

「むん。〈フラクシナス〉が壊《こわ》された影響《えいきょう》で、〈世界樹の葉《ユグド・フォリウム》〉の操作ができなくなってしまったようでの。──むくたちが、〈世界樹の葉《ユグド・フォリウム》〉の『目』となるべくやってきたのじゃ」

「何だって……!?」

士道が驚愕《きょうがく》に目を見開くと、それに応ずるように、背後から幾《いく》つもの足音が響いてきた。

「……まあ、なんていうか、成り行きだけど」

「くく、我らが来たからにはもう心配はいらぬ！」

「補助。夕弦《ゆづる》たちが、士道の道を作ります」

「そういうことですよー！　だーりんだけ精霊《せいれい》さんとデートなんてずるいですぅ！」

などと口々に言いながら、六喰と同じヘッドセットを着けた少女たちが、前に進み出てくる。

七罪《なつみ》、耶倶矢《かぐや》、夕弦、美九。

そしてその後ろから、折紙、二亜、狂三、四糸乃《よしの》。

実に九名もの少女たちが、巨大な〈世界樹の葉《ユグド・フォリウム》〉を一基ずつ引き連れながら、戦場に参じたのである。

「おまえら——」

その壮観《そうかん》なる様に、士道は拳を握りしめた。

——ここはあまりに危険な戦場である。対するは暴威《ぼうい》を振《ふ》るう謎《なぞ》の精霊。霊力《れいりょく》を失った彼女たちがいてよい場所ではない。

『逃げてくれ』『来ちゃ駄目《だめ》だ』『ここは危険だ』——

そんな言葉を吐《は》くのが普通《ふつう》なのだろう。実際二年前の士道であったなら、そう言っていたに違《ちが》いない。

けれど、今の士道には、わかる。

彼女たちがどのような覚悟を以《もっ》てこの場に立っているのかが。

士道が彼女たちに傷ついてほしくないのと同じくらい——もしかしたらそれ以上に——彼女たちもまた、士道を大切に思ってくれているのだということが。

だから、彼女たちに発さねばならない言葉は、決まっていた。

「——ああ。頼《たの》む、みんな。力を、貸してくれ」

士道の言葉に。

『……！』

少女たちは、思い思いの言葉で以て、応えてみせた。


「むん——」

六喰は唸《うな》るように喉を鳴らすと、両手を大仰《おおぎょう》に動かした。

するとそれに呼応するように、空中に浮遊《ふゆう》した金属製の巨大な『葉』が、高い駆動《くどう》音を上げながら、六喰の背後に従うように飛行する。

そう。これが、〈フラクシナス〉のブリーフィングルームで折紙が語った秘策である。

〈ビースト〉に破壊されたのは、あくまで操作系統とセンサー類。〈世界樹の葉《ユグド・フォリウム》〉そのものは健在であるのだから、顕現装置《リアライザ》の駆動のみを〈フラクシナス〉で行い、操作は人の手で行えばいい——

そして、その操作要員として白羽の矢が立ったのが、六喰たち元精霊の少女たちだったのである。

折紙曰《いわ》く、如何に顕現装置《リアライザ》の駆動を〈フラクシナス〉に任せるとはいえ、魔術師《ウィザード》としての訓練を受けていない者が、ユニットを自在に操ることは困難だという。

だが、もともと顕現装置《リアライザ》とは精霊の力をモデルにして作られたもの。かつて霊力を持ち、天使を振るっていた六喰たちならば、不可視の力を操る感覚に通じているという話だった。

実際のところ、〈世界樹の葉《ユグド・フォリウム》〉の操作は、天使を操る感覚によく似ていた。——少なくとも、出撃《しゅつげき》してすぐに、士道に迫《せま》る〈ビースト〉の攻撃を妨害《ぼうがい》できるくらいには。

「…………アア……」

〈ビースト〉は、六喰たちを順繰《じゅんぐ》りに睨《ね》め付けるようにしながら、低い唸り声を発していた。

その様は、突然《とつぜん》目の前に現れた新たな敵に警戒《けいかい》を示しているようにも見えたし——ただ自分の攻撃が阻害《そがい》されたことを不思議がっているようにも見えた。

その状況《じょうきょう》は望むところではあった。六喰たちは今確かに、人間の領分を超《こ》える力を振るっているが、可能なのはあくまで〈世界樹の葉《ユグド・フォリウム》〉の進路を示すことのみ。そもそも〈世界《ユグド・》樹の葉《フォリウム》〉の力が精霊に及ばない以上、力押しで来られたならすぐさま蹴散《けち》らされてしまうに違いなかった。

それは、司令官である琴里も重々承知しているのだろう。ヘッドセットを通して、艦橋《かんきょう》から指示を発してくる。

『――三班に分かれてちょうだい！　〈ビースト〉の対応に三！　士道の防護に三！　そして――近隣《きんりん》住民の救助・避難に三！　……〈世界樹の葉《ユグド・フォリウム》〉は秘匿《ひとく》技術の塊《かたまり》だけど、今は細かいこと言ってられないわ！　あとの情報操作はこっちでやるから、各々ベストを尽《つ》くしてちょうだい！』

『了解《りようかい》！』

琴里の号令に、少女たちが応える。

そして、各々の責務を全うするために、それぞれが地を蹴《け》った。

折紙、耶倶矢、夕弦は〈ビースト〉を囲うように。

狂三、四糸乃、美九は士道の背後に。

そして、六喰、七罪、二亜は、その戦場を離《はな》れ、破壊《はかい》された街へ向かうように。

その区分けは、事前に細かく指示を出されていたわけではない。だが、マリアから渡《わた》されたヘッドセットを装着し、〈世界樹の葉《ユグド・フォリウム》〉と意識をリンクさせた瞬間《しゅんかん》、全員がぼんやりと、己の役目に気づいていたのだ。

〈世界樹の葉《ユグド・フォリウム》〉そのものに、明確な性能の差はない。だが、それを操作する少女たちには、かつて手にしていた天使や霊力の性質によって、それぞれ得意分野が存在していたのである。

六喰とて、士道を護りたいという気持ちがなかったわけではない。だが、今は各々ができることを果たすのが、何より士道の助けとなるのだと理解していた。二亜、七罪とともに地を駆《か》け、崩落《ほうらく》した建物のもとに到達《とうたつ》する。

「よっし、じゃあいくぜ〈世界樹の葉《ユグド・フォリウム》〉！」

言って、二亜がバッ！　バッ！　とやたらと大仰な所作で以て、特撮《とくさつ》ヒーローのようなポーズを取る。それを見てか、七罪が頬《ほお》に汗《あせ》を滲《にじ》ませながら半眼を作った。

「……なんか意味あるの、それ」

「何言ってんのさなっつん。ロボ子も言ってたじゃん。こういうのは思い込みが重要なんだって。というわけでユグド・サーチ！」

二亜が謎の技名を叫《さけ》びながら意識を集中させるように目を閉じる。すると二亜の操作する〈世界樹の葉《ユグド・フォリウム》〉が、甲高《かんだか》い駆動音を伴《ともな》いながら随意領域《テリトリー》を広げた。

「……ん！　そっちの建物の下に二人、あっちには一人いるね！　幸い全員軽傷意識アリ！　頼んだなっつん、ムックちん！」

「了解……」

「心得たのじゃ」

二亜の言葉を受け、七罪と六喰はそれぞれ指示された建物のもとへと向かった。

そう。全知の天使〈囁告篇帙《ラジエル》〉を有していた二亜は、随意領域《テリトリー》を用いての探索《たんさく》能力に長《た》け、〈贋造魔女《ハニエル》〉、〈封解主《ミカエル》〉という特殊《とくしゅ》能力に長じた天使を持っていた七罪と六喰は、随意領域《テリトリー》の精妙《せいみょう》な操作を得手としていたのである。

「――むん」

六喰は意識を集中させると、〈世界樹の葉《ユグド・フォリウム》〉を操作し、崩落した建物を随意領域《テリトリー》で包み込んだ。

そして、その下に閉じ込められた人に傷を付けないよう、至極優しく瓦礫《がれき》を浮遊させていく。

すると、瓦礫の下から、頭を抱《かか》えるような格好で蹲《うずくま》った男が姿を現した。

「大丈夫《だいじょうぶ》か？」

「え？　き、君は……」

六喰が声をかけると、男は小さく肩《かた》を震《ふる》わせてから顔を上げた。そしてすぐに、自分を閉じ込めていた瓦礫が浮遊していることに気づいたのだろう。驚愕に目を見開く。

「空間震じゃ。避難《ひなん》をするがよい。一人で立てるか？」

「え、あ……は、はあ……どうも……」

夢でも見ていると思ったのだろうか。男は頬をつねりながらよろよろと立ち上がり、シェルターへと走っていった。

「むん、では次じゃな。——二亜」

「オッケー、じゃあ今度はあっち頼むぜー！」

六喰はその背を見送ると、二亜からの新たな指示を受け取り、次々と住民たちの救助を続けていった。

と——

「……う、ぁ……」

「しっかりするのじゃ。今瓦礫を退《ど》かしてやるからの——」

一体幾人目を助けたときだったろうか。倒《たお》れた塀《へい》に挟《はさ》まれ、身動きが取れないでいた女性を助けようとしたところで。

六喰は、小さく息を詰《つ》まらせた。

一瞬集中《いっしゅんしゅうちゅう》が途切《とぎ》れかけ、せっかく浮遊させた瓦礫が落ちそうになってしまう。慌《あわ》てて随意領域《テリトリー》を保持し、寸前でそれを止める。

だが、だからといって乱れた精神状態が正常になったかと言えば、そんなことはなかった。一定のリズムを刻んでいた心臓が突然早鐘《とつぜんはやがね》のように鳴り出し、体表から一斉《いっせい》に汗が噴《ふ》き出す。〈ビースト〉を前にしたときでさえ、ここまでの動揺《どうよう》はなかったかもしれない。

「ちょっとちょっと、どったのムックちん。そんなところで固まっちゃって。何か問題でも起こった？」

と、六喰の様子を不審《ふしん》に思ったのだろう。背後から二亜がそんなことを言ってくる。

が、今の六喰に、それに返す余裕《よゆう》はない。

けれど、それも無理からぬことではあった。

何しろ、今六喰の目の前にあったのは――

「――姉――様……？」

かつて六喰が心から慕《した》った、愛しい義姉《あね》の姿だったのだから。

「あ――」

「え──、……」

朝妃──星宮朝妃は、自らの喉《のど》から零《こぼ》れる声を、呆然《ぼうぜん》と聞いていた。

朦朧《もうろう》とする意識の中、己の身に何があったのかを思い出す。──ああ、そうだ。会社からの帰り道、巨大《きょだい》な流れ星を見たかと思った次の瞬間、凄《すさ》まじい衝撃波《しょうげきは》が襲《おそ》ってきたのである。

まさか、本当に隕石《いんせき》の衝突《しょうとつ》にでも巻き込まれたというのだろうか。……いや、それならば朝妃が今生きているはずはない。身体《からだ》の至るところが鈍《にぶ》く痛んではいたが、逆にそれが、朝妃の生存を示していた。

「…………？」

次いで、朝妃は気づいた。つい先ほどまで自分の身体に覆《おお》い被《かぶ》さっていたコンクリート塀《べい》の重さがなくなっていることに。

レスキュー隊や自衛隊などが助けに来てくれたのかとも思ったが──違《ちが》う。見やると、ビスケットのように崩《くず》れたコンクリートの塊が、まるで重力を失ったかのように朝妃の上にふよふよと浮遊していた。

「な、何これ……」

意味がわからない。まさか塀が倒れてきた際に頭でも打ってしまったのだろうか。朝妃は恐《おそ》る恐るといった調子で側頭部をさすりながら眉《まゆ》をひそめた。

と――そこで、もう一つのことに気づく。

自分の目の前に、一人の小柄《こがら》な少女が立っていることに。

「――あ」

顔立ちを見るに、中学生くらいだろうか。綺麗《きれい》に切り揃《そろ》えられた絹糸のような髪《かみ》が、月明かりに照らされてきらきらと輝《かがや》いていた。

その様があまりに美しいものだから、一瞬朝妃は、天からのお迎《むか》えでも来たのかと思ってしまったが――彼女の表情を見て、その考えを改めた。

その目は驚愕《きょうがく》に見開かれ、唇《くちびる》は微《かす》かに震えている。まるで、予想外のものを目にしてしまったかのように。

そしてその視線は、他ならぬ朝妃に注がれていた。慌てて自分の身体を見回す。――が、朝妃の身体には、彼女を戦慄《せんりつ》させると思われるような重大な怪我《けが》や欠損は見受けられなかった。

「え、ええと……私の顔に、何か……？」

「……！　い、や……」

朝妃が戸惑《とまど》いがちに問うと、少女はハッと肩を震わせてから首を横に振《ふ》った。

そして、何やら顔を隠《かく》すような仕草をしながら、再び朝妃に声をかけてくる。

「立てる……か？　ここは危険じゃ……すぐに避難するがよい」

「え……あ、うん。もしかして、あなたが助けてくれたの……？」

「……むん。そういうことに、なるかの」

「…………」

少女が躊躇《ためら》いがちにうなずくのを見て、朝妃は微かに眉根《まゆね》を寄せた。

少女の特徴《とくちょう》的な返事を聞いた瞬間、微かな頭痛が朝妃を襲ったのである。

一瞬、自分の脳が事態に追いつけていないのかと思った。――突然の流星。爆発《ばくはつ》。崩落。

それから不思議な力で救ってくれた女の子。超能力者《ちょうのうりょく》？　魔法使い《まほうつか》？　自分は今夢か幻《げん》
覚《かく》でも見ているのかとも思った。そう考えれば、この頭痛にも説明が付く。

けれど、なぜだろうか。

この頭痛は、もっと根本的な何かが原因のように思えて仕方がなかった。

さらに言うならば、この少女の顔を見てから、この少女の声を聞いてから、自らの身を
襲った超常《ちょうじょう》現象の数々に対する興味を、彼女に対する興味が上回ってしまっていた。

自分でも意味がわからない。まったく説明が付かない。なぜ初対面の少女にそのような

感覚を抱《いだ》いてしまうのだろうか。初対面――そう、初対面のはずだ。自分の記憶《きおく》の中に彼女の存在はない。だというのに――

「……っ！」

そのとき、どこかから凄まじい爆発音が響《ひび》いてきて、朝妃はビクッと身体を震わせた。

「く……始まったか。早く避難を……！」

少女が爆発音のした方向に視線をやりながら叫びを上げる。

「わ、わかった……」

何が何だかわからないが、どうやら近くで大変な何かが起きているらしい。朝妃は頭中に生じかけていた疑問や不信感を全て無視して、足に力を入れた。

確かに奇妙《きみよう》な感覚ではあったが、まず大事なのは自分の命だ。ここは少女の言うとおり、一刻も早く避難した方がいいだろう。そう判断して、朝妃はその場に立ち上がった。

が。

「わ、わわっ！」

慌てて立ち上がったからだろうか、朝妃はバランスを崩し、前方につんのめるように倒れてしまった。

「……！　姉様！」

すると、少女が咄嗟《とっさ》に朝妃の手を取り、その身体を支えてくれる。

瞬間《しゅんかん》──

「あ……」

朝妃は、脳内に生じた感覚に、視界が明滅《めいめつ》するのを感じた。

少女の手の感触《かんしょく》に。そして、少女が発したその呼称《こしょう》に。

喩《たと》えるならば──頭の中に施《ほどこ》されていた錠《じょう》が、開けられるかのような感覚。堰《せ》き止められていた記憶が、凄まじい奔流《ほんりゅう》となって思考を満たしていく。強い目眩《めまい》に襲われる。手足の指先が痺《しび》れる。せっかく支えられたというのに、立っていることが困難になってしまう。

嗚呼《ああ》、そうだ。そうだ。

──自分は、この少女のことを知っている。

なぜ忘れていたのだろう。この少女は──

「……六、喰……」

「──っ」

朝妃の、言葉に。

少女──六喰は、小さく息を詰まらせた。

六喰。星宮六喰。かつて朝妃の家に養子にやってきた女の子だ。

美しく長い髪が特徴的で、いつも朝妃のあとをついてくる可愛《かわい》い妹。ずっと妹の欲しかった朝妃もまた、溺愛《できあい》といっていいくらいに六喰を可愛がっていた。

けれど……ああ、そうだ。

いつのことだったか——六喰が、自分の知らない『何か』になってしまったのだ。

人智《じんち》の及《およ》ばぬ力を振るい、人心を操る、得体の知れない『何か』に。

ひょんなことからそれに気づいてしまった朝妃は、六喰を恐れ——拒絶《きょぜつ》した。

甦《よみがえ》った記憶の最後は、その瞬間。

涙《なみだ》を流しながらこちらを見つめる六喰の顔——

「…………っ」

そこから先は、覚えていない。

少なくともそれから今の今まで、朝妃は六喰の存在を忘れてしまっていた。

否《いな》、朝妃だけではない。父も、母も。周囲の人間も。

朝妃に妹がいた、という事実そのものがなかったかのように、誰《だれ》も六喰のことを覚えていなかった。

今思えば、六喰が朝妃たちに何かをしたのかもしれない。それを示すかのように、六喰は今も超常的な能力を発現させていたし——あれから何年も経《た》っているというのに、ほとんど歳《とし》を取っていないように見えた。外見的な変化と言えば、切り揃えられた髪くらいのものだろう。

それを自覚した瞬間、忘却《ぼうきやく》の彼方《かなた》に消えていた恐怖感《きようふ》が甦ってくる。何か得体の知れないものが、ある日自分の妹に成り代わってしまったかのような感覚。

「————」

そんな朝妃の気配を感じ取ったのか、六喰が怯《おび》えるように肩《かた》を震《ふる》わせ、朝妃の身体からそろそろと手を離《はな》した。

「……無事で何よりじゃ。……早く、安全なところへ」

そして、弱々しい笑みを浮《う》かべ、そう言い残して朝妃に背を向ける。

「あ——」

その様に、朝妃は心臓を引き絞《しぼ》られるかのような感覚を覚えた。

確かにあのときは、六喰が恐ろしくてたまらなかった。

けれど、今目の前にいるこの少女はどうだ。

久方振《ひさかたぶ》りに再会した姉に再び拒絶されながらも、しかし気丈《きじよう》にその身を気遣《きづか》うその姿は

——

気づくと、朝妃は去りゆく六喰を呼び止めていた。

「──六喰！」

「……！」

六喰が微かに身体を揺《ゆ》らし、足を止める。

だが、そのあとなんと言葉を継《つ》げばいいのか、朝妃にもわからなかった。

確かに六喰はあのとき、人間ではなくなってしまったのだろう。それを知られた六喰は、朝妃たちの前から姿を消し──朝妃たちはそれを認識することさえないまま、何年ものときを過ごしていた。

朝妃の頭に生じたのは、途方《とほう》もない恐怖と、それに負けないくらい大きな、後悔《こうかい》であった。

嗚呼、それは、朝妃が長い間封《ふう》じられていた感情だったのかもしれなかった。六喰のことを忘れてしまったがゆえに、感ずることのできなかった情動。六喰がいなくなったことさえ認識できなかったがゆえに、贖《あがな》うことのできなかった罪業。

もっと時間があったなら、六喰から話を聞くことができたかもしれないのに。

もっと猶予《ゆうよ》があったなら、六喰を理解することができたかもしれないのに。

あのときの朝妃はただ恐怖の虜《とりこ》となり──六喰を、拒絶することしかできなかった。可愛い妹を、突《つ》き放《はな》すことしかできなかった。

けれどそんな朝妃を、六喰は助けてくれた。

そして今、彼女はどこかへ向かおうとしている。何も事情はわからない。けれど、彼女は今、成すべきことをしようとしているのだ。朝妃を助けてくれたように、誰かを助けようとしているのだ。それだけは──なんとなく理解できた。

──ならば、朝妃は何を言えばいい？　一度は拒絶し、裏切ってしまった最愛の妹に、一体どんな言葉をかければいい？

彼女を傷つけてはならない。彼女の道を閉ざしてはならない。後ろ髪《がみ》を引いてはならない。迷わせてはならない。

永劫《えいごう》にも思えるくらいの逡巡《しゅんじゅん》の果て。朝妃が発したのは──

「……髪……、切ったんだ……」

そんな、至極どうでもいい日常会話だった。

けれど、仕方がなかった。混乱と動揺《どうよう》の中、唯一《ゆいいつ》朝妃が口にすることができたのが、それだったのである。

「──っ……、むん……」

朝妃の言葉に、六喰が微《かす》かに視線を泳がせる。

その様には、どことなく怯えるかのような様子が窺《うかが》えた。

「……すまぬ。もう、姉様の前に現れるつもりはなかったのじゃ。しかし……」

六喰が微かに震える声でそう言ってくる。

朝妃は無言のまま歩みを寄せると、ゆっくりと手を伸《の》ばし、六喰の髪《かみ》に触《ふ》れた。

背中に触れる程度の長さに切り揃《そろ》えられた髪は、土埃《つちぼこり》や煤《すす》で黒く汚《よご》れていた。きっと大量に汗《あせ》もかいたのだろう。手触《てざわ》りもごわごわで、朝妃の記憶の中にある、あの絹糸のような感触とは比べるべくもなかった。

けれど、その汚れた髪からは、六喰が今まで歩んできた履歴《りれき》が、ありありと感じられた。

朝妃の知らない六喰の人生が、刻まれていた。

「……あのときより、ずっと綺麗《きれい》」

「……！」

朝妃は微笑《ほほえ》みながらそう言うと、最後に頭をもうひと撫《な》でしたのち、手を離した。

「がんばって」

「————むん。ありがとう、姉様」

朝妃の言葉に。

六喰は小さくうなずくと、止まっていた足を再び動かし始めた。

すると、六喰を待っていた二亜が、小さく眉根《まゆね》を寄せながら言ってくる。

「……っと、ムックちん？　もしかしてあれ、お姉ちゃんだったの？　例の？」

「……そうじゃ。もう二度と会わぬと誓《ちか》ったというのに、よもやこのような再会を果たすとは」

その誓いに、覚悟《かくご》に、嘘《うそ》は微塵《みじん》もなかった。六喰は生涯《しょうがい》、彼女の前に姿を現すつもりはなかった。

けれど今、運命の悪戯《いたずら》によって再会を果たし、望外の言葉をかけられた六喰の胸に灯《とも》るのは——

先ほどまでよりもずっと強い、意志の火だった。

六喰の言葉に、二亜がちらと朝妃の方を見てからぽりぽりと頬《ほお》をかく。

「そっか。不思議なこともあるもんだ。……でもそれならもっとこう、感謝の言葉とかあってもよかったのにねぇ。久々の再会だったんでしょ？」

「何を言う」

二亜の言葉に、六喰は短く答えた。

「あれ以上の言葉が、あるものか」

「────」

その返答に、二亜が目を丸くした。

恐《おそ》らく、気づいたのだろう。──六喰の両の目から、ぽたぽたと熱い涙が零《こぼ》れていることに。

「……そっか。じゃあ、頑張《がんば》んないとね」

「むん」

六喰は涙を拭《ぬぐ》いながらうなずくと、次なる救助を行うべく地を蹴《け》った。

◇

「──当該《とうがい》地域の避難《ひなん》状況《じようきよう》は!?」

「現在約八五パーセント！〈ラタトスク〉からも避難誘導《ゆうどう》用の機関員を派遣《はけん》しておりますので、間もなく完了《かんりよう》するかと……！」

「急いでちょうだい。いくら〈世界樹の葉《ユグド・フォリウム》〉を連れているとはいえ、あの子たちは今生身の人間よ。そう長くは戦えないわ」

「了解《りようかい》……！」

空中艦《かん》〈フラクシナス〉の艦橋《かんきょう》では、琴里とクルーの声が交互《こうご》に響《ひび》いていた。当該地域の現況《げんきょう》、〈ビースト〉への対応、少女たちへの指令――それらをつぶさに観察しながら、素早く指示を発していく。

艦橋正面に搭載《とうさい》されたメインモニタには、士道や少女たちのいる地上の様子が映し出されているのだが、その映像は常に激しく揺れ動《うご》いていた。

そう。今艦橋に現場の映像を送っているのは、通常用いられる自律カメラではなく、少女たちのヘッドセットに搭載された小型カメラだったのだ。

〈ビースト〉と相対する少女たちが一所《ひとところ》に留まっていられるはずはなく、必然、映像はやたらと臨場感溢《あふ》れる振動《しんどう》を伴《ともな》うことになるのだった。

「うぷ……さすがにちょっと酔《よ》っちゃいますね……」

「泣き言言うんじゃないの。それよりセンサーの復旧、急いで！」

「り、了解……！」

琴里の指示に、〈フラクシナス〉クルー・幹本《みきもと》が作業を再開する。琴里はそれを確認したのち、ちらと艦長席の後方に視線をやった。

理由は単純。そこには、なんとも奇妙《きみょう》な光景が広がっていたのである。

「んー、ふっふふー、ふっふふー、ふっふふー……♪」

「うるさいですよ神無月《かんなづき》」

「もう少し静かにしてください」

「できれば呼吸も止めてください」

などと。

目を伏《ふ》せ、指揮者のように手を動かしながら鼻歌を歌う長身の男と、それを半眼で睨《にら》み付ける、同じ顔をした少女たちという、わけのわからない光景が。

男は〈フラクシナス〉の副艦長・神無月恭平《きょうへい》。そして居並んだ少女たちは、全てマリアのインターフェースボディだった。

「なっ、失礼な。意識を集中させるにはこれが一番なのですよ。そもそも艦の制御《せいぎょ》を頼《たの》んできたのはマリアではないですか」

「わたしだってできることなら神無月になど頼みたくありませんでした」

「前々から思っていましたが、直接制御顕現装置《コントロール・リアライザ》に脳波を繋《つな》がれるこの操作は、一種のセクシャルハラスメントでは？」

「この件が終わったら正式に告訴《こくそ》します。せいぜい震《ふる》えて眠《ねむ》ってください」

「くっ、そんな言葉責めに負けたりなんか……！」

神無月が頬を赤らめながらビクンビクンと身を捩《よじ》る。それに合わせるように、〈フラクシナス〉の艦体が微かに震えた。

それもそのはず。今この〈フラクシナス〉の航行は、魔術師《ウィザード》・神無月恭平によって制御されていたのだから。

本来であれば艦戦時に用いられる非常手段ではあるのだが、〈ビースト〉から受けた被《ひ》害《がい》が思いの外《ほか》大きかったため——そしてマリアが、別のことにリソースを割かねばならなかったため、このような形をとっていたのだった。

艦橋後部に整列した一〇名ほどのマリアたちは、皆《みな》一様に体育座りをして、首筋にケーブルを繋がれている。何でも、各々のボディに搭載された演算装置を並列駆動《くどう》させているという話だった。

「それで——解析《かいせき》はできそうなの？」

「おや、わたしを誰《だれ》だと思っているのですか？」

琴里の問いに、代表のマリアがそう答えてくる。その軽口に、琴里はふっと肩《かた》をすくめた。

そう。マリアが今行っているのは、〈ビースト〉の解析であった。

通常行う好感度や精神状態のそれではない。今現場に飛ばしている〈世界樹の葉《ユグド・フォリウム》〉を通して、〈ビースト〉の力そのもの——彼女が振《ふ》るう一〇の剣《けん》のことを調べていたのだ。

無論、最初はクルーから反対意見も出た。それはそうだ。マリアのボディを使えば、元精霊《せいれい》の少女たちを危険な戦場に送らずとも、〈世界樹の葉《ユグド・フォリウム》〉を運用することが可能だったのだから。

だが、最終的に琴里は、マリアの提案を呑《の》んだ。士道を助けにいきたいという六喰たちの意気を抑《おさ》えられないという理由もないではなかったが——何より琴里も、〈ビースト〉のことを知らねば彼女を攻略することはできないと判断したのである。

〈ビースト〉。存在するはずのない謎《なぞ》の精霊。彼女は一体——

「……！」

と、琴里はそこで小さく眉《まゆ》を揺《ゆ》らした。

マリアのインターフェースボディから、ピー、という音が鳴り響いたのである。

「マリア？」

「——解析、完了しました。……一言で言うと、困惑《こんわく》。二言で言うと、すごく、困惑。といったところでしょうか」

「冗談《じょうだん》はいいわ。それで？　彼女は一体何者なの？」

琴里が問うと、マリアは首からケーブルを外しながら答えた。

「彼女の正体は未《いま》だわかりません。ですが、彼女が背負った一〇本の剣。あれは——」

そして、メインモニタに映し出された〈ビースト〉の姿を見据《みす》えながら、続ける。

「かつて、琴里たちが有していた天使たちです」

第七章　鏡野七罪《きょうのなつみ》

人間は生まれながらにして、主役と、そうでない者に分かれている。

あらゆることに差が存在し、持つ者に、持たざる者は敵《かな》わない。

……努力？　それができる時点で持つ者でしょ？

別に輪廻《りんね》転生なんて信じちゃいないけど、どうせなら私の前世は、手の付けようのないくらいの悪人であってほしい。殺しも殺し、盗《と》りも盗り。神も仏も見放した、天下御免《ごめん》の大悪党。その罪業、七度の輪廻を経るまで贖《あがな》われず――なんてね。……だってそれなら、少しは諦《あきら》めもつくでしょう？

……だから、私は結構、澪《みお》に感謝してるのよね。

〈贋造魔女《ハニエル》〉は、『私』を『私じゃない私』にしてくれたから。

それに何より……みんなに出会えるきっかけを作ってくれたから。

……ん、そうね。クソみたいな私の人生で、唯一《ゆいいつ》いい点を挙げるとしたなら、そこだと思う。その一点だけで、他の全部を帳消しにしてもいいって思えるくらいに。

もしも今都合のいい女神様とかが現れて、『今までとまったく同じゴミ人生』と、『みんなとは出会えないけど、成功が約束された人生』を選んでいいって言われても、きっと私は前者を選ぶと思う。

でも……いや、だからこそ、か。

たまに、不安になることがある。

主役たちの中に紛《まぎ》れ込んだ脇役《わきやく》。

持つ者の群れの中の持たざる者。

成長しないみにくいアヒルの子。

私は——本当にここにいていいんだろうか。

「…………」

◇

二月。〈ビースト〉が現れるひと月ほど前。

五河《いつか》家隣《となり》に聳《そび》えるマンションの一室で、七罪はテーブルの上に置かれた大判の封筒《ふうとう》とにらめっこをしていた。

かれこれ一時間近くはこうしている気がする。別に鏡で確認したわけではなかったけれど、いつも不機嫌気味の目が、さらに険を帯びている気がした。

だがそれも仕方のないことではあった。何しろこの中には——七罪が人間であった頃《ころ》の情報が収められていたのだから。

そう。一度は閲覧《えつらん》を拒否《きょひ》した七罪であったが、あのあと再度琴里《ことり》のもとを訪れ、こっそり封筒を受け取っていたのだった。

心境の変化があったのは数日前。士道《しどう》、四糸乃《よしの》とともに、四糸乃が住んでいた街を訪れたときのことだ。

なぜだろうか、あのときの四糸乃を見て、『よしのん』に託《たく》された、四糸乃の母の想いを感じて——七罪は、強烈《きょうれつ》に心を揺さぶられてしまったのである。

無論、自分の経歴が、四糸乃の過去のように素敵なものだなどとは微塵《みじん》も思っていない。

実際それを示すように、七罪が手渡《てわた》された封筒は、四糸乃のそれよりも厚みがないように思われた。やはり薄《うす》い人間は人生も薄いのだな、と、不思議な感慨《かんがい》を覚える七罪だった。

しかし、気づけば七罪は行動を起こしていた。ものすごく気まずい顔をしながら琴里のもとを訪れ、本題に入るまでにたっぷり三〇分ほどかけ、焦《じ》れた琴里にちょっと怒《おこ》られながら、この封筒を手に入れた。

……の、だが。

「うーん……」

そこまで行動を起こしたというのに、いざ中身を確認しようとすると、「……いやまあ、とりあえず手に入れるまではいったわけだし、確認はいつでもよくない？」と、心の中に住む怠惰《たいだ》のリトル七罪が囁《ささや》いてくるのだった。ちなみにリトル七罪は全部で七人おり、怠惰のリトル七罪は、涅槃《ねはん》像のような寝姿《ねすがた》と、クソダサジャージの裾《すそ》からはみ出たむちむちお腹《なか》がトレードマークだった。

「……ええい、ままよ！」

とはいえ、いつまでもこのままでは埒《らち》が明かない。七罪は意を決すると、封筒を開け、そろそろと中の書類を取り出し始めた。特に意味はないのだが、自然と薄目《うすめ》になっていた。

封筒の口からゆっくりと書類が吐《は》き出され、徐々《じょじょ》にそこに記された文字が読めるようになっていく。

最初に確認できたのは——名前だった。

「……鏡野、七罪」

書類に記された文字列を読み、七罪は細く息を吐いた。

自分にも苗字《みようじ》があったのだ、という不思議な感慨と、意外と普通《ふつう》の苗字だった、という奇妙《きみよう》な安堵《あんど》が肺腑《はいふ》を満たす。

とはいえ、それだけだ。過去の記憶《きおく》を失っている七罪にとって、それはただの新情報に過ぎなかったのである。

そういえば、四糸乃のときもそうだった。名前を見ても、当時の写真を見ても、全ての経歴に目を通しても、実感を伴《ともな》わない様子だった。四糸乃が全てを思い出したのは、当時入院していた病室を訪れてからである。

だとすると、七罪も過去の記憶を思い出すためには、かつて住んでいた場所に赴《おもむ》かねばならないのだろうか。

なんというか、それは……気まずい。一人で行くのも気が引けるが、士道や四糸乃に同行してもらうのも恥《は》ずかしかっ——

「——え？」

と。

次の瞬間《しゅんかん》、七罪は、突然《とつぜん》頭に生じた痛みに顔をしかめた。

「う、あ、ぁ、あ、あ……ッ⁉」

まるで鋭《するど》い針を頭に刺《さ》され、その針が頭の中で枝分かれしていくかのような強烈な頭痛。

封筒を取り落とし、思わずその場に蹲《うずくま》ってしまう。

その際、封筒の中身が派手に散らばり、その内容が七罪の視界に入った。顔写真。家族構成。住んでいた街。精霊になったと思われる失踪《しっそう》時期。

すると、それに呼応するようにして頭痛は激しさを増し――

「う――」

やがて七罪は、胃の奥から熱い物がせり上がってくるのを感じた。

強烈な嘔吐《おうと》感。思わず口を押さえながらトイレに駆《か》け込《こ》み、便器の中に吐瀉物《としゃぶつ》を吐き出す。逆流した胃酸によって、喉《のど》と舌がひりひりと痛んだ。

「……うえっ……」

もう吐き出すものも残っていないというのに、嘔吐感が治まらない。七罪はいつの間にか滲《にじ》んでいた涙《なみだ》を拭《ぬぐ》うと、半ば無理矢理呼吸を整えた。

「はぁ……っ、はぁ……っ」

そして、どれくらいそうしていただろうか。少しずつではあるが、頭痛が弱まっていった。

けれど、陰鬱《いんうつ》な気分は晴れそうになかった。……それはそうだ。何しろあの頭痛は、七罪の頭の中に、とんでもないものを残していったのだから。

「……うっわ、マジか。……マジか」

……ああ、ああ。四糸乃に比べてなんともインスタントなことだ。

そう。……書類を一部眺《なが》めただけで、七罪は、人間であった頃の記憶を思い出してしまったのである。

と──

「……！」

まさに、そのときだった。

まるで七罪を呼ぶように、部屋のインターホンが軽快な音を上げたのは。

「……あ……」

七罪は幽鬼《ゆうき》のように虚《うつ》ろな顔を上げると、誘蛾灯《ゆうがとう》に誘《いざな》われる虫のようにふらふらと玄関《げんかん》へ歩いていった。

鍵《かぎ》を開け、扉《とびら》を開く。すると──

「──こんにちは、七罪さん。今大丈夫《だいじょうぶ》ですか？」

『へーい、みんなのアイドルよしのんだよー！　元気してるかい七罪ちゃーん』

ふわふわの髪《かみ》をした優しそうな少女・四糸乃と、可愛《かわい》らしいウサギのパペット・『よしのん』が、元気よく七罪の視界に飛び込んできた。

「四糸乃……よしのん……」

「はい……って、どうかしたんですか、七罪さん？」

『ねー。なんだかグロッキー？　何かあったー？』

七罪の姿を見るなり、四糸乃とよしのんが心配そうにそう言ってくる。七罪はゆらゆらと首を横に振《ふ》ってみせた。

「……んなことないって。大体いつもこんな感じよ。平常運転平常運転」

七罪がそう言うと、四糸乃は「そ、そうですか……？」と言いながらも一応は納得を示してくれた。このときばかりは七罪も、平時から憂鬱《ゆううつ》そうな自分の面相に感謝した。

まあ、優しい四糸乃のことだから、何か七罪にも事情があるのかもしれないと思って配《はい》慮《りょ》してくれただけかもしれなかったけれど。

「……ん、それより、何か用？」

「えっと、観《み》たい映画があったので、もしよかったら一緒《いっしょ》にどうかと思って。でも、体調が優れないなら無理しないでください」

「……あー、大丈夫《だいじょうぶ》大丈夫。いいね、映画ね。ちょうど私も観たかった。うん。じゃあ着《き》替《が》えてくる」

「あ……はい。でも……」

いつにも増して虚ろな七罪の返事に、四糸乃がまたも心配そうな顔をする。

七罪は力ない笑みを浮《う》かべると、四糸乃の目をじっと見つめた。

「……ねえ、四糸乃」

「はい、なんですか？」

「……やっぱ四糸乃って、女神だわ」

「──へっ⁉」

七罪の言葉に、四糸乃が目を丸くする。七罪はそんな四糸乃の反応にもう一度笑みを作ると、「ちょっと待ってて」と扉を閉めた。

◇

──滅茶苦茶《めちゃくちゃ》に破壊《はかい》された街並みの中で。

光り輝《かがや》く巨大《きょだい》な『葉』が、一匹《いっぴき》の獣《けもの》を取り囲んでいた。

「──邪魔《じゃま》を……するなァァァ────────ッ！」

〈ビースト〉が幾度《いくど》目とも知れない咆吼《ほうこう》を上げ、右手に携《たずさ》えた『爪《つめ》』を、或《ある》いは背に負った『剣《けん》』を振り抜《ぬ》く。

するとそれに合わせて、あらゆるものを切り裂《さ》く斬撃や、幾条《いくじょう》もの光線、炎《ほのお》や冷気が迸《ほとばし》った。

「四糸乃さん、美九《みく》さん、随意領域《テリトリー》を重ねますわよ！」

「は、はいっ！」

「了解《りょうかい》ですぅ！」

狂三《くるみ》の号令に従うように、三枚の〈世界樹の葉《ユグド・フォリウム》〉が閃《ひらめ》き、士道の前に不可視の壁《かべ》を形作る。それらは〈ビースト〉の攻撃《こうげき》を相殺《そうさい》すると、役目を終えたと言わんばかりに音も無く砕《くだ》け散った。

「──はぁっ！」

同時、折紙《おりがみ》の声とともに、別の〈世界樹の葉《ユグド・フォリウム》〉が、〈ビースト〉の周りに結界を形作る。

士道を守ったのとは別種の、力を縛《しば》る随意領域《テリトリー》。〈ビースト〉の周囲の地面が、見えない手に押し潰《つぶ》されるように僅《わず》かに陥没《かんぼつ》した。

「……こんなものは効かぬと……なぜわからない……！」

が、〈ビースト〉は身じろぎ一つでその拘束《こうそく》から逃《のが》れると、折紙目がけて『爪』を振るう。

少女たちの中で唯一《ゆいいつ》その身にCR‐ユニットを纏《まと》った折紙は、軽やかに身を翻《ひるがえ》らせ、夜空に光の軌跡《きせき》を残してその攻撃をかわした。

〈ビースト〉が暴れ、少女たちの操る〈世界樹の葉《ユグド・フォリウム》〉がどうにかそれを抑《おさ》え込む。

──先ほどから、幾度も繰《く》り返された光景。士道はそれを自覚すると、苦しげに拳《こぶし》を握《にぎ》りしめた。

確かに皆《みな》の援護《えんご》によって、絶望的だった状況《じょうきょう》はどうにか改善した。一瞬《いっしゅん》のうちに士道がやられて終《しま》い、ということはなくなった。

けれど、そんな皆の命懸《いのちが》けの支援《しえん》を受けてなお、士道は〈ビースト〉とまともに会話することすらできていなかったのである。

ただただ時間を浪費《ろうひ》し、ただただ危うい綱渡《つなわた》りを繰り返す。極限状態の中最善手を打ち続け、どうにか命を繋《つな》ぎ続ける。先ほどからできているのはそれだけだった。

皆の集中力と気力に頼《たよ》り切った、危うい拮抗《きっこう》状態。そんな泥沼《どろぬま》の中、士道の心拍《しんぱく》は段々と速くなっていった。

だが——

「…………」

その危機的状況の中、士道は意識が細く、鋭く研《と》ぎ澄《す》まされていくのを感じた。

奇妙な感覚が、頭の片隅《かたすみ》に生まれる。

皆のおかげで〈ビースト〉のことをよく見ることができたからか、彼女の動きに違和感《いわかん》を覚えたのである。

確かに〈ビースト〉は激しく暴れている。一撃《いちげき》一撃で街の風景を様変わりさせるほどの攻撃を次々放っている。

しかし、その攻撃が、正確に皆を狙《ねら》っているとは思えなかったのである。〈世界樹の葉《ユグド・フォリウム》〉を操作しているとはいえ、皆は今、ほとんど生身の人間と変わらない。〈ビースト〉が本気で皆を排除《はいじょ》しようとしたならば、こんなにも長く持ちこたえられるとは思えなかったのだ。

たとえるならば——そう。

自分でも抑えようのない情動を持て余しているかのような。

あるいは、駄々《だだ》っ子が手足を激しく動かしているかのような。

悲しくて悲しくてたまらないのに、何をすればいいのかわからないと訴《うった》えているかのような。

——嗚呼《ああ》、そうだ。この感覚には覚えがある。

これは、二年前の春の日、士道が士道として初めて精霊《せいれい》に会ったときに感じた——

「——！　だーりん、危ない！」

「……っ！」

瞬間《しゅんかん》、美九の声が響《ひび》き、士道は目を見開いた。——〈ビースト〉の攻撃が、美九たちの形成した随意領域《テリトリー》を破り、士道に迫《せま》っていたのである。

油断。思考に気を取られていたため、一瞬反応が遅《おく》れてしまう。士道は慌《あわ》ててその場から飛《の》び退きながらも、衝撃《しょうげき》と激痛を覚悟《かくご》して奥歯を噛《か》みしめた。

が。予想されたような痛みは、いつまで経《た》っても生じなかった。

いつの間にか上空に現れた新たな〈世界樹の葉《ユグド・フォリウム》〉が、士道を守るように不可視の壁を形成していたのである。

「……っぶな。あんたやられたらお終いなんだから、マジ不注意で死ぬとか勘弁《かんべん》してよね……」

〈世界樹の葉《ユグド・フォリウム》〉とともに姿を現した小柄《こがら》な少女が、頬《ほお》に汗《あせ》を垂らしながら言ってくる。激しい運動のためかぼさぼさになった髪に、生白い面《おもて》。その双眸《そうぼう》は見るからに機嫌《きげん》悪そうに歪《ゆが》んでいたが、別に士道の油断に腹を立てているわけではなく、常日頃《つねひごろ》からのものだった。

「七罪……！　すまん、助かった！」

「……ん」

士道が名を呼ぶと、七罪は小さく鼻を鳴らしながら視線を逸《そ》らした。

「きゃー！　七罪さんかっこいいですぅー！　あとでお礼にハグしてあげちゃいますぅ！」

「それお礼じゃなくて罰《ばつ》ゲームじゃ……」

七罪の活躍《かつやく》に、美九が目を輝かせながら身をくねらせる。七罪は何やらぶつぶつと呟《つぶや》いていたが、美九は聞いていないようだった。

すると七罪の後方から、二人分の足音が聞こえてくる。——七罪とともに周辺住民の救助に当たっていた六喰《むくろ》と二亜《にあ》である。

「大丈夫か、主様《ぬしさま》！」

「こっちは無事救助完了《かんりょう》したよ！　さ、こっからが本番だ！」

そしてそう言って、士道を守るように〈ビースト〉に向き直る。——心なしか、六喰の顔に気力が漲《みなぎ》っているような気がした。

「ああ、ありがとう、三人とも。でも——」

士道は微《かす》かに眉根《まゆね》を寄せた。

確かに周辺住民たちに気を遣《つか》わなくてよくなったのは大きいし、七罪たちの参戦も非常にありがたい。けれど、こちらの戦力が増えたからといって、この膠着状態《こうちゃくじょうたい》を脱《だっ》することができるとは思えなかったのである。

そう、何かが必要なのだ。〈ビースト〉を鎧《よろ》う力を剥《は》ぎ取るような、何かが——

と。

「——ええ、ここからが本番ね」

そんな士道の思考を遮《さえぎ》るかのように、凜《りん》とした声が上方から響いてきた。

弾《はじ》かれるように顔を上げ、その声の主を見やる。

いつの間にそこに現れていたのだろうか。空中に浮遊《ふゆう》した光り輝く〈世界樹の葉《ユグド・フォリウム》〉の上に、悠然《ゆうぜん》と腕組《うでぐ》みした琴里が立っていた。

「琴里！」

「妹御《いもうとご》！」

「琴里さん！」

少女たちが、思い思いに琴里を呼ぶ。すると琴里はそれらの呼びかけに応えるように身を翻し、軽やかに地面に降り立ってみせた。

「どうしたのさ妹ちゃん。司令官が戦場に出てくるなんて。あ、もしかして自分もおにーちゃんを助けたくなったとか、そういう？」

「それもなくはないわね」

冗談《じようだん》交じりの二亜の言葉に、琴里が白と黒のリボンを微かに揺《ゆ》らしながら答える。まさかそう返されるとは思っていなかったのだろう。二亜がひゅうと口笛を吹《ふ》いた。

「でも、当然そんな感傷的な理由だけじゃあないわ。私が来たのは――〈ビースト〉を、丸裸《まるはだか》にするためよ」

「なんだって？」

士道が聞き返すと、それに合わせるかのように〈ビースト〉が吼《ほ》え、またも斬撃を放ってきた。

「く……！」

その攻撃に対応して、防御班《ぼうぎょはん》が随意領域《テリトリー》を形成し、攻撃班が地を蹴《け》って展開する。

そんな中、先ほど六喰から受け取っていたインカムから、マリアの声が響いてきた。

『──それについては、わたしから説明しましょう。皆、戦いながら聞いてください』

どうやら、皆のヘッドセットにもその通信が届いているらしい。近くにいる七罪や美九が小さくうなずくのが見て取れた。

『結論から言いましょう。〈ビースト〉が纏《まと》っている一〇本の剣──あれらは、形こそ違《ちが》えど、あなたたちがかつて有していた天使と同じ反応を発しています』

「は……？」

「ど、どういうことですか？」

マリアの言葉に、精霊たちから狼狽《ろうばい》の声が漏《も》れる。だが無理もあるまい。謎《なぞ》の精霊が振《ふ》るっていた武器が、澪の消滅《しょうめつ》とともに消えた自分たちの天使と同じ反応を示しているというのだから。

しかし、なぜだろうか。その事実を聞いた士道は、奇妙《きみょう》な納得感を覚えていた。

炎に光、冷気に風、そして極めつけは、空間に『孔《あな》』を開ける鍵《かぎ》の剣──

それらは確かに、今まで封印《ふういん》してきた精霊の力に酷似《こくじ》していたのである。

『〈ビースト〉が何者なのかは、未《いま》だわかりません。本当に過去や未来から現れた精霊なのか。はたまた、ここととは別の世界の存在なのか――

ですが今重要なのは、彼女が纏うその力が、あなたたちと同種のものである、という点です』

「いや、そんなこと言われても、どうしろってのよ……昔持ってたのと同じ能力だから俺には通じないぜ、なんて漫画《まんが》みたいなことできないからね……？」

後方から、七罪の訝《いぶか》しげな声が聞こえてくる。マリアはコホンと咳払《せきばら》いをしてから続けた。

『話は最後まで聞くものですよ。――皆、手を前に掲《かか》げてください』

「……？　こう？」

「疑問。何の意味があるのですか？」

少女たちがマリアの言葉に従い、片手を前に伸《の》ばす。

するとその動作に合わせるように、天――〈フラクシナス〉の方向から、少女たち目がけて目映《まばゆ》い光が降り注いだ。

「……！」

「これは――」

少女たちが一瞬光に包まれ、驚《おどろ》きの声を上げる。

そしてそれが収まったとき、彼女らが掲げた手の中には、ぼんやりとした光を放つ武器のようなものが握られていた。

形状としては、魔術師《ウィザード》の扱《あつか》うレイザーブレイドに近いだろうか。金属製の柄《つか》の先端《せんたん》から、三〇センチほどの光の刃《やいば》が顔を出している。

とはいえ、魔術師《ウィザード》の扱うそれのように滑《なめ》らかな形状ではない。歪《いびつ》に曲がりくねったその様は、どことなく大樹の枝を思わせた。

『〈世界樹の枝《ユグド・ラームス》〉――とでも言っておきましょうか。六喰の〈封解主《ミカエル》〉をモデルにした実験兵装です。その刃を精霊の身体《からだ》に差し込むことで、その力を分離《ぶんり》――要は、精霊から天使を引き剝がすことができます』

「天使を――引き剝がす？」

「えっ？　何そのトンデモ武器。そんな便利なものがあるならなんでもっと早く出してくんなかったの？　場が盛り上がるまで勿体《もったい》付けてたの？　そういうとこだぞロボ子」

二亜が不満げに言う。するとマリアが、かすかな苛立《いらだ》ちを語気に乗せながら返した。

『どこぞの三流漫画家でもあるまいし、そんなことはしません。実験兵装と言ったでしょう。まだ実用段階にはほど遠いのです。

――確かにこの武器は、理論上精霊と天使の存在を分離することができます。ですがそれは、ほんの一瞬《いっしゅん》に過ぎません。精霊が惑星《わくせい》とするなら天使は衛星。すぐにその二つは引き合い、もとに戻《もど》ってしまいます。たったそれだけの成果のために精霊の懐《ふところ》に入らねばならないのはリスクが高すぎるでしょう』

ですが、とマリアが続ける。

『今このときだけは、話が違います。一瞬。一瞬で構いません。〈ビースト〉から天使を引き離《はな》すことができれば――』

その言葉を引き継《つ》ぐように、琴里が声を響かせた。

「――ここには、〈ビースト〉と同じく、天使を引き寄せる引力を持った元精霊《せいれい》が、一〇人もいるでしょう？」

『…………！』

少女たちが、驚きに声を詰《つ》まらせる。

それは士道も同様だった。何しろ〈ビースト〉から、天使を奪《うば》い取れるかもしれないというのである。

「もしそんなことが可能なら――」

「もし、じゃないわ。可能にするのよ、私たちが」

琴里が、皆《みな》を鼓舞《こぶ》するように言ってくる。

「行くわよ、みんな。──誰《だれ》か一人で構わない。〈ビースト〉に剣《けん》を突《つ》き立てるのよ」

『──応ッ！』

勢いよく声を上げ、少女たちは、荒《あら》ぶる精霊に向かって地を蹴った。


「……はぁ」

鉄風雷火《てっぷうらいか》の戦場の中、七罪は一人、小さく息を吐《は》いていた。

いや、緊迫《きんぱく》した状況《じょうきょう》であることは重々承知しているのだ。気を抜《ぬ》いている場合ではない、ということも。

けれど、どんなに強大な敵を前にしていたとしても、こうして仲間が揃《そろ》うと、不思議な安堵《あんど》感を覚えてしまうのであった。

確かに〈ビースト〉の力は強大。正直さっきまで、どうすればいいかわからなかった。

だが、琴里が参戦し、マリアから秘密兵器が授けられたことによって、攻略《こうりゃく》の糸口が見えてきた。それにより、七罪の頭の中に、微かな揺らぎが生まれていたのである。

――危機的状況ではあったが、やはり光明が見えた。さすがは琴里。さすがはマリア。七罪とは違う、選び抜かれた主役たち。あとは皆に任せておけば、万事丸く収めてくれるだろう。何しろこちらには優秀《ゆうしゅう》な人材が揃っている。身体能力の高い八舞《やまい》姉妹に、超弩級《ちょうどきゅう》戦艦《せんかん》六喰。完璧《かんぺき》超人折紙はCR‐ユニットまで纏っているし、狂三に至っては殺しても死ななそうである。四糸乃は女神だし、美九も美少女相手だと鬼神《きしん》のように強い。二亜もまあ、漫画が上手い。なんかこんなこと前も思った気がする。

よく言えば、信頼《しんらい》。悪く言えば、油断。きっと誰かが〈ビースト〉に剣を突き立ててくれて、士道がその力を封印してくれるに違いない。そんな漠然《ばくぜん》としたビジョン。

自分は出しゃばってはならない。まかり間違《まちが》っても、皆の邪魔《じゃま》をしてはならない。役に立たないのならばまだマシな方だ。自分が関わってしまったなら、きっと皆にとってマイナスになる。なぜなら自分は――

「つ……ッ」

そんな思考が頭を掠《かす》め、七罪は思わず顔をしかめた。

――なぜ、今そんなことを考えてしまったのか。

それは、一度は克服《こくふく》したはずの思考だった。他力本願。人任せ。仲間を大切と思っているにもかかわらず、自分で行動を起こそうとしない後ろ向きな姿勢。まるで、士道たちと出会う前の七罪に戻ってしまったかのような感覚。

未だに悲観的でネガティブな七罪ではあるが、あのときに比べれば多少はマシになっているはずだった。皆との出会いによって、考えを改めたはずだった。端《はた》から見れば芋虫《いもむし》が躙《にじ》っているくらいのスピードかもしれなかったけれど、少しは前に進んでいるはずだった。

それ、なのに。

「……ああ、くそ」

七罪は忌々《いまいま》しげに吐き捨てた。

なんとも最悪なことに、その原因にはすぐ当たりが付いてしまったのである。

間違いない。――思い出して、しまったからだ。

七罪の性格の根を。醜《みにく》い汚泥《おでい》に沈《しず》んだ己の経歴を――

「――七罪さん！」

「……っ、な――！」

瞬間《しゅんかん》、四糸乃の声が響《ひび》いてきて、七罪はハッと肩《かた》を震《ふる》わせた。

が――遅《おそ》い。七罪がそれに気づいたときには、〈ビースト〉の攻撃《こうげき》によって崩《くず》れた建物の瓦礫《がれき》が、七罪目がけて降り注いできていた。

◇

「ふ――――ッ」

折紙は細く息を吐くと、〈ビースト〉を視界の中央に捉《とら》え、意識を集中させた。

右手にはレイザースピア〈エインヘリヤル〉、左手には実験兵器〈世界樹の枝《ユグド・ラームス》〉。そして全身には白銀の鎧《よろい》〈ブリュンヒルデ〉。

そう。元ASTであり魔術師《ウィザード》としての経歴を持つ折紙は、少女たちの中で唯一《ゆいいつ》、その身にCR‐ユニットを帯びていたのである。

無論、現状の戦闘《せんとう》能力は仲間の中でも群を抜いている。〈世界樹の枝《ユグド・ラームス》〉は皆の手に行き渡《わた》っていたものの、あの〈ビースト〉に肉薄《にくはく》し、その身に刃を突き立てられるのは、折紙しかいないだろうという自負があった。

それは実際、少女たちの間に生まれていた共通認識でもあった。別に示し合わせたわけでもないのだが、皆、折紙を中心とするように左右に展開し、〈ビースト〉を囲い込む陣《じん》形《けい》を取っている。

「呵々《かか》、いくぞ精霊！　疾《はや》きこと八舞の如《ごと》し！」

「連携《れんけい》。左右からの同時攻撃、避《よ》ける術《すべ》はありません」

耶倶矢《かぐや》と夕弦《ゆづる》が高らかに叫《さけ》びながら、〈ビースト〉を挟撃《きょうげき》する。本来であれば大声を上げながら攻撃をするなど、無駄《むだ》な行動以外の何ものでもないのだが、このときばかりは事情が異なった。

八舞姉妹はあえて自らの存在を示すことにより、〈ビースト〉の注意を引きつけているのだ。

用意された鍵は一〇本。その内の一本が、彼女に届けばいいのだから。

「アァ――アアアァァァ――ッ！」

〈ビースト〉は咆吼《ほうこう》を上げると、九番目の剣を手に取り、地面に突き立てた。するとそこを起点とするように空気が震え、目に見えない『音』の壁《かべ》が形成される。

「のわっ！」

「衝撃《しょうげき》。これは――」

八舞姉妹が突撃《とつげき》を阻《はば》まれ、足を止めさせられる。すると、次いで〈ビースト〉が振《ふ》るった八番目の剣が風を巻き起こし、彼女らの手にした〈世界樹の枝《ユグド・ラームス》〉を吹《ふ》き飛ばした。

が、少女たちの攻勢《こうせい》は止まらない。八舞姉妹に手を取られた〈ビースト〉の隙《すき》を衝《つ》くように、他の皆が攻撃を仕掛《しか》けた。

「はぁぁぁぁっ！」

「往生せぇやぁぁぁぁっ！」

「むん──！」

「──アァァァァッ！」

〈ビースト〉が次々と剣を抜き、少女たちの攻撃を捌《さば》き、弾《はじ》き、撃《う》ち落としていく。皆の手にした起死回生《きしかいせい》の鍵《かぎ》が、次々と破壊《はかい》されていった。

「…………」

だが──それでいい。折紙は冷静に〈ビースト〉の動きを見定めると、トン、と静かに空を蹴《け》った。

〈世界樹の葉《ユグド・フォリウム》〉が形成した随意領域《テリトリー》や、〈ビースト〉の振るう剣の余波が荒《あ》れ狂《くる》う魔力《まりょく》と霊力《れいりょく》の嵐《あらし》の中を、音もなく泳ぐように飛行していく。

勝負は一瞬。少女たちの攻撃に対応する〈ビースト〉の背を一突《ひとつ》きにする。折紙は随意領域《テリトリー》で〈世界樹の枝《ユグド・ラームス》〉を浮遊《ふゆう》させると、レイザースピアの先端《せんたん》に固定した。

「──今」

六喰が〈世界樹の枝《ユグド・ラームス》〉を構えて突貫《とっかん》した瞬間、周囲に張り巡《めぐ》らされていた〈ビースト〉の意識が一瞬、逸《そ》れる。マリアの弁によれば、〈世界樹の枝《ユグド・ラームス》〉はもともと六喰の天使〈封解主《ミカエル》〉をモデルにしたものだという。もしかしたら、他の皆よりも扱《あつか》いに慣れているのかもしれなかった。

その隙を見逃《みのが》す折紙ではない。折紙は随意領域《テリトリー》を操作すると、六喰に対する〈ビースト〉に一瞬で肉薄し、〈世界樹の枝《ユグド・ラームス》〉を繰《く》り出した。

が――

「な……っ」

折紙は、小さく自分の喉《のど》から声が漏《も》れるのを聞いた。

〈ビースト〉に〈世界樹の枝《ユグド・ラームス》〉の先端が触《ふ》れようとした瞬間、その進路が僅《わず》かにずれたのである。

不可視の壁に弾かれたとか、風に煽《あお》られたという感覚ではなかった。どちらかというと、腕《うで》が、自分の意志に反して狙《ねら》いを逸らしたかのような――

「……ッ！」

そこで、折紙は気づいた。〈ビースト〉が背に負った一〇の天使。その二番目の剣が、空中に、光り輝《かがや》く文字を描《えが》き出していることに。

「未来記載《きさい》――」

折紙は自らの油断を呪《のろ》った。〈ビースト〉が折紙たち全員の天使を持っていると聞き及《およ》んでいたにもかかわらず、彼女の獣《けもの》のような戦い方から、その可能性を排除《はいじょ》してしまっていた。

否《いな》──もしその可能性に至っていたとしても、結果は変わらなかったろう。

未来記載。全知の天使〈囁告篇帙《ラジエル》〉に記された言葉は、現実となる。そう。それがたとえ、自分に対する敵の行動であろうとも。

「……ああ、そうだな。……来るのは、おまえだ。なぜだろうな……そう、思っていた」

〈ビースト〉が、虚《うつ》ろな目をしながら、辿々《たどたど》しく呟《つぶや》く。

そしてそのまま六番目の剣を握《にぎ》ると、折紙の身体に突き立て、鍵を回すようにその刀身を捻《ひね》った。

「あ──」

折紙が纏《まと》っていたCR-ユニットが、バラバラの破片となって弾《はじ》け飛ぶ。

まるで桜吹雪《さくらふぶき》のようなその光景を見ながら、折紙は地面へと沈んでいった。

◇

「ん……う……っ」

鈍《にぶ》い痛みに顔をしかめながら、七罪はゆっくりと目を開けた。

どうやら頭を打ったらしい。数秒の間、記憶《きおく》が混濁《こんだく》する。

が、目を数度瞬《しばたた》かせるうち、段々と意識を失う前のことが思い出されてきた。

そうだ。今は〈ビースト〉との戦闘中。皆《みな》で一斉攻撃《いっせいこうげき》を仕掛けようというところで、突《とつ》然《ぜん》七罪の上に瓦礫が降り注いできて――

「……気がつき……ましたか、七罪……さん……」

「……！　四糸乃⁉」

不意に響いたその声に、七罪は目を見開いた。

そして、ようやく気づく。額から血を流した四糸乃が、七罪の身体《からだ》に覆《おお》い被《かぶ》さっていることに。

確認するまでもなく、理解する。四糸乃が、降り注ぐ瓦礫から七罪を庇《かば》ってくれたのだと。

「な、なんで――」

七罪は言いかけた言葉を飲み込み、辺りに視線を巡らせた。

今は無駄な問いを発している場合ではない。早く助けを呼んで、四糸乃を治療《ちりよう》してもらわなくては。

七罪と四糸乃が参加できなかったとはいえ、あれだけの多勢だ。もう今は〈ビースト〉から天使を剝《は》ぎ取り、士道が対話に入っているところだろう。ならば、手の空いている者もいるはず――

「…………ッ」

そんなことを考えながら周囲を見回していた七罪は、戦慄《せんりつ》に息を呑《の》んだ。

数刻前まで街並みが広がっていたとは誰《だれ》も信じないであろう瓦礫の山。

そのあちこちに、少女たちが倒《たお》れ伏《ふ》していたのである。

そして、その凄絶《せいぜつ》な戦場を、一人の少女がぺたりぺたりと緩慢《かんまん》な歩調で闊歩《かっぽ》する。

――〈ビースト〉。この世界に存在するはずのない精霊《せいれい》は、未《いま》だその背に、一〇の剣《けん》を背負ったままだった。

「嘘《うそ》……でしょ……」

七罪は呆然《ぼうぜん》と喉を震わせた。

琴里が、狂三が、六喰が、耶倶矢が、夕弦が、美九が、二亜が、そしてあの折紙までもが、為《な》す術もなくやられてしまったというのか。

七罪など及ぶべくもない『主役』たちが。神に選ばれた『持つ者』たちが。

否、それだけではない。その戦いの余波に巻き込まれてしまったのか、士道もまた、瓦礫の上に倒れ伏していた。時折苦しげに漏れる声によって、まだ息があることだけはわかったが――〈ビースト〉が彼の息の根を止めるために歩みを進めているのは、誰の目からも明らかであった。

「七罪、さん……」

そこで四糸乃が名を呼んできて、七罪はハッと肩を震わせた。

「だ、大丈夫《だいじょうぶ》よ……すぐ助けを呼んであげるから……」

「——七罪さん」

「……っ」

真っ直ぐに目を見つめられ、七罪は声を詰《つ》まらせた。

四糸乃の目は、その傷ついた小さな身体には似つかわしくないほど、強い意志の火を宿していたのである。

「今、あの人を止められるのは、七罪さんだけです。お願いします。どうか——士道さんを、助けてください」

そして、一言一言に言霊《ことだま》を込めるかのような調子で、そう言ってくる。

七罪は、顔面をさぁっと蒼白《そうはく》にした。

「む、無理、無理だって……！　みんなでも敵わなかったのに、私なんかにできるわけないじゃん……！」

みんなみんな、七罪よりも優秀《ゆうしゅう》で、七罪よりも頭が切れて、七罪よりも強かった。

そんな彼女たちが成し遂《と》げられなかったことが、七罪にできるはずがない。七罪は目の端《はし》に涙《なみだ》を浮《う》かべながら首を横に振った。

しかし四糸乃は、そんな七罪の言葉を受けても、優しく微笑《ほほえ》むのみだった。

「大丈夫です……七罪さんなら、きっとできます。七罪さんは、自分が思っているよりずっとずっと、すごい人なんですよ」

「そ、そんなこと……」

「お願いします、七罪さん……士道さん、を……」

四糸乃は、辿々しくそう言うと、ふっと目を閉じ、力なく倒れ伏してしまった。彼女が手にしていた〈世界樹の枝《ユグド・ラームス》〉が、ころころと地面に転がる。

「よ、四糸乃……！」

七罪は慌《あわ》てて名を呼んだが、四糸乃は何も答えなかった。恐《おそ》らく、とうに限界を迎《むか》えていたのだろう。気力だけで、ここまで意識を保っていたのだ。

七罪の無事を見届けるために。

そして——七罪に、あとのことを託《たく》すために。

「……な、なんで、よりによって私なんかに……」

七罪は絶望的な心地で呟くと、再度戦場に目をやった。

死の大地を闊歩する瓦礫《がれき》の王〈ビースト〉。八名もの少女たちの猛攻《もうこう》を受けたにもかかわらず、その力には一切の翳《かげ》りが見えなかった。檻《おり》のような一〇の剣で身体を鎧《よろ》いながら、緩慢に、しかし確実に士道へと歩みを進めていく。

少女たちを失った士道は完全な無防備状態。やがて〈ビースト〉が到達《とうたつ》したなら、人間である彼は容易《たやす》く屠《ほふ》られてしまうだろう。

それを助けるべき主役たちは、皆地面に倒れている。

無事なのは——七罪しかいない。

改めてそれを自覚すると、七罪は凄《すさ》まじい動悸《どうき》と、胃が裏返るかのような嘔吐《おうと》感を覚えた。

緊張《きんちょう》と焦燥《しょうそう》に脳が焼き切れそうになる。全身から汗《あせ》が噴《ふ》き出し、手足ががたがたと震《ふる》え出す。

——なぜ、なぜこのようなことになってしまったのか。

何も持たないはずの七罪が、なぜこのような大役を仰《おお》せつかってしまったのか。

あまりに相応《ふさわ》しくない舞台《ぶたい》。脇役《わきやく》中の脇役に突然当たったスポットライト。

できることなら今すぐこの場から逃《に》げ出したかった。あるいはここで息を潜《ひそ》めて蹲《うずくま》っていたかった。七罪に許された行動はそれくらいのはずだった。それが当然。それが七罪にとっての当たり前だった。

「…………ッ！」

そんな思考が頭を支配しようとした瞬間《しゅんかん》、七罪は強く唇《くちびる》を噛《か》んだ。鋭《するど》い痛みが脳を突《つ》き抜《ぬ》け、口の中にじわりと血の味が広がる。

この場から逃げ出したい？

息を潜めて蹲っていたい？

七罪に許された行動はそれくらい？

「……ッ、ざッ、けんな……ッ」

無意識のうちに頭に生じた思考。七罪として当たり前の思考を、踵《かかと》で躙《にじ》るように踏《ふ》み潰《つぶ》す。

――当たり前？　なぜそんな屑《くず》のような思考が当たり前になった？

嗚呼《ああ》、嗚呼、知れたことだ。全てはあの頃《ころ》の記憶に起因するのだ。

七罪は、震える手で、〈世界樹の枝《ユグド・ラームス》〉を握りしめた。

◇

父親の顔は、よく覚えていなかった。

──自分が物心つく頃にはもう、いなくなっていたから。

母親の顔も、よく覚えていなかった。

──目を見て話そうとすると、殴《なぐ》られるから。

だから、人間であった頃の記憶を思い出した今でも、その光景には欠損があった。

母親と思《おぼ》しき女の姿を思い描いても、顔の部分が、黒のマジックペンで塗《ぬ》り潰されたようにぐしゃぐしゃになっていたのである。

ああ、でも、声だけは覚えていた。主に怒鳴《どな》り声と、自分を詰《なじ》るような声ではあったけれど。

鏡野[redacted]というその女は、とにかく七罪の存在が気に入らないようで、いつも苛立《いらだ》っていた。彼女の発する言葉の意味は最初よくわからなかったけれど、激しい語調と暴力がセットになっていたため、あまりいい意味ではないのだろうと察することができた。

きっと自分が悪いから、[redacted]はこんなにも怒《おこ》っているのだろうと思った。

だから、できるだけ上手くやろうとした。家事を覚え、言うことをよく聞き、いい子になろうとした。

けれど、それはそれで[redacted]は不機嫌《ふきげん》になった。なので七罪は、できるだけ余計なことをしないようにした。嵐《あらし》を前に無力な虫ができることなどたかが知れている。ただ石の底に張り付いて、大人しく天気がよくなるのを待つだけだ。たまに風に煽《あお》られることはあるけれど、真っ向から向かっていくよりは幾分《いくぶん》かましというものだった。

[redacted]はよく、七罪のことを醜《みにく》いと蔑《さげす》んだ。美醜《びしゅう》のことはよくわからなかったけれど、[redacted]がそんなに言うのだからそうなのだろうと思った。

もしも自分がもっと可愛《かわい》かったなら、[redacted]に愛してもらえたのだろうか。そう考えると、少しやりきれない気持ちになった。

だったらもっと綺麗《きれい》に産んでくれればよかったのに、とも思ったが、もちろん口には出さなかった。この頃《ころ》には、七罪はだいぶ嵐のやり過ごし方を覚えていたから。

——何のことはない。そんな、どこにでもあるような平凡《へいぼん》な家庭。

それが、七罪の育った場所だった。

……琴里に手渡《てわた》された封筒《ふうとう》が薄《うす》かったはずである。〈ラタトスク〉が編纂《へんさん》したその書類には、必要最低限のデータしか書かれておらず、家庭環境《かんきょう》のことにはあまり触《ふ》れられていなかったのだ。

〈ラタトスク〉がこの程度の情報しか摑《つか》めなかったとは考えづらい。恐らく琴里が、七罪に気を利かせて情報の取捨をしてくれたのだろう。「愉快《ゆかい》な情報ばかりとは限らない」と脅《おど》すような口ぶりで言っておきながら、上手く手を回しているあたりが、琴里の如才《じょさい》ないところである。

まあ、七罪は名前を見ただけで当時のことを思い出してしまったため、そんな琴里の気《き》遣《づか》いも無駄《むだ》にしてしまったのだが。今思うと、非常に七罪らしい落ちではあった。

基本的に[redacted]は七罪に食事を用意しなかったので、七罪の主な栄養源は小学校の給食だった。

……まあ、当然の如《ごと》く給食費は払《はら》っていなかったようだったが、事なかれ主義の担任、教《きょう》諭《ゆ》は、七罪の状況《じょうきょう》を見て見ぬ振《ふ》りする代わりに、その点についても追及《ついきゅう》してくることはなかった。

問題は夏休みや冬休みなどの長期休暇《きゅうか》である。これは七罪にとって死活問題だった。家にはカップ麺《めん》やレトルト食品などが買い溜《だ》めしてあったが、これに手を出そうものなら殺されるという確信があった。

とはいえ、何も食べなければ先に待つ結果は同様である。七罪は[redacted]に気づかれることなくカロリーを摂取《せっしゅ》する方法を考えなければならなかった。

出た結論は、調味料であった。カップ麺などのように一食ずつに分けられているものならばまだしも、調味料が少し減っていたとしても気に留めはしないだろう。このときばかりは七罪も、[redacted]のずぼらな性格に感謝した。

長期休暇中の七罪の主食は砂糖と、水道水で薄めた醤油《しょうゆ》。冷蔵庫にバターやマーガリンがあるときはラッキーデーだ。舌に染み渡《わた》る油脂《ゆし》の味は、七罪に僅《わず》かばかりの幸福感を与《あた》えてくれた。

そんな生活を送っていたものだから、七罪は同年代の子供たちよりも明らかに身体《からだ》の発育が悪かった。

加え、自分の衣服の洗濯《せんたく》や入浴は[redacted]の目を盗《ぬす》んでしなければならなかったため、汚《よご》れた格好で学校に行かざるを得ないことも少なくなかった。

子供は異端《いたん》を見つける天才だ。『みんなと違《ちが》う』七罪は、露骨《ろこつ》に避《さ》けられ、あるいは目を付けられた。異端に触れたなら己も異端になってしまうのが子供の世界のルールだ。自分は『あれ』とは違うと仲間に証明しなければ、コミュニティの中で生きていけないのである。

必然的に七罪は、学校が嫌《きら》いになった。正直、行かずに済むのならば行かないに越《こ》したことはなかった。

けれど、給食がある以上行かざるを得なかった。七罪にとって学校とは、過酷《かこく》な環境に耐《た》える代わりに栄養が摂取できる、食糧《しょくりょう》供給所以外の何ものでもなかったのである。

そして……あれは、いつのことだったろうか。

そう、七罪が中学生になってしばらく経《た》ったある日のことだ。

いつものように憂鬱《ゆううつ》な足取りで家に帰った七罪は、玄関《げんかん》を開けるなり眉《まゆ》をひそめた。

（……うわ。何、これ）

理由は単純。家の中が、滅茶苦茶《めちゃくちゃ》に荒《あ》れていたのである。

棚《たな》やテレビ、電子レンジなどが派手に引き倒《たお》され、床《ゆか》には食器やグラスの破片が散乱している。まるで小型の台風が七罪の家の中にだけ発生したかのような惨状《さんじょう》ではあった。

とはいえ、七罪はそれを見ても、強盗《ごうとう》や空き巣、暴漢などの犯行とはあまり考えなかった。

[redacted]はもともと癇癪持《かんしゃくも》ちで、興奮してはよくものを壊《こわ》していたし、しばらく前から違法《いほう》薬物にも手を出していたようだったから。

まあ、それでもこの日の部屋の惨状は、いつにも増して凄まじかったのだけれど。

あとから知ったことだが、どうやらその日、[redacted]は、ある連絡《れんらく》を受けていたらしかった。

――七罪の父である男が亡くなった、と。

どうやら七罪の父は、他に妻子のある身だったらしく、[redacted]に、口止め料を含《ふく》めた多額の養育費を秘密裏に支払《しはら》い続けていたらしい。

要は[redacted]はその日、生活費の供給が断たれるという通告を受けていたのだ。

そしてそれはつまり、[redacted]にとって、七罪の最後の存在意義が消えたということと同義だった。

(…………おい)

帰宅した七罪に気づいたのだろう。倒された箪笥《たんす》の横に蹲っていた[redacted]が、唸《うな》るような声を発してくる。

(…………何?)

七罪は、見つかってしまった、という後悔《こうかい》に軽く眉根《まゆね》を寄せながらそう返した。……そういえば、[redacted]と言葉を交わすのは三週間ぶりくらいな気がした。

(……金……、持って来いよ)

(……は？　そんなのあるはずないでしょ)

(ねぇんなら売春《ウリ》でも何でもやって作って来いっつってンだよ！)

叫《さけ》び、[redacted]が手近にあったグラスを投げつけてくる。割れたグラスの鋭い縁《ふち》が七罪の額に当たり、じわりと血が滲《にじ》んだ。

（…………）

天災には手を出さない主義の七罪ではあったけれど、このときばかりは、胸に立つ細波《さざなみ》を抑《おさ》えきれなかった。

別に顔を傷つけられたことに憤《いきどお》ったわけではない。ただ、七罪のことを醜い醜いと蔑み続けた女が、都合のいいことを言うのに、少しだけ腹が立ってしまったのだ。

（何言ってんの？　私みたいなブスに客なんかつくわけないじゃん。あんたによく似て悪かったわね）

（…………ッ！）

それからどんな会話を交わしたかは、よく覚えていない。

気づいたときには、七罪は[redacted]に馬乗りになられ、その首を両手でギリギリと絞《し》められていたから。

（か……ぁ……は――）

消え入るような声が、喉《のど》から漏《も》れる。

視界が明滅《めいめつ》し、意識が段々と薄れていく。顔が熱くなり、手足に力が入らなくなっていく。

――殺される。殺される。殺される。

七罪の脳は、ただそれだけに支配されていった。

そのときだ。


(──ねえ、君。力が欲しくはない?)


七罪の前に、正体不明のノイズが現れたのは。

〈ファントム〉。始原の精霊《せいれい》。──崇宮《たかみや》、澪。

今でこそその正体を知ってはいるものの、当時の七罪は、極限状態に陥《おちい》ったことにより、幻覚《げんかく》でも見てしまったのかと思った。

だが、それでも構わなかった。七罪は必死で、力が欲しいと願った。目の前に垂らされた蜘蛛《くも》の糸に縋《すが》り付いた。


(────)


絞め付けられた喉から声は出なかったけれど──

そのノイズは七罪の意を察したように、緑色に輝《かがや》く小さな宝石のようなものを放ってきた。

——その後のことは、時間にすれば恐《おそ》らく三分にも満たぬ出来事だろう。

精霊となり、天使〈贋造魔女《ハニエル》〉を手に入れた七罪は、その力を以《もっ》て、■■の姿を小さなカエルに作り替《か》えた。

咳《せ》き込みながら身を起こす七罪を見上げ、カエルが怯《おび》えたように跳《は》ね回る。

その矮小《わいしょう》で滑稽《こっけい》な様に、七罪は歓喜《かんき》とか憐憫《れんびん》よりも、深い深い脱力《だつりょく》を覚えた。

（…………）

おもむろに片足を上げ、カエルを踏《ふ》み潰《つぶ》そうとしたところで足を止め——

七罪はそのまま、〈贋造魔女《ハニエル》〉に跨《また》がって窓ガラスを突《つ》き破《やぶ》った。

（——は、はは……）

夕陽《ゆうひ》に染まりつつある空を駆《か》け抜《ぬ》けながら、七罪は自分の喉から笑いが漏れるのを感じた。

何が起こったのかわからない。

突然《とつぜん》おかしなものが現れて、おかしな力を授けてくれた。

そして、今までどうしようもないと思っていた問題が、一瞬《いっしゅん》で片付いてしまった。

嗚呼《ああ》、あんなにも恐ろしかった■■が、あんなにも強大だった母が、こんなにも矮小な存在だったとは。

（あははははは……はははははははッ！）

それを考えると、笑いはどんどん大きくなっていった。

自分は今まで、なぜこんな簡単なことができなかったのだろう。

自分は今まで、なぜあんな母のもとに居続けたのだろう。

自分は今まで、なぜ——

（あ……ああ……ああああぁぁぁぁぁ————ッ！）

——天に響《ひび》く哄笑《こうしょう》は、いつしか、引き裂《さ》くような慟哭《どうこく》に変じていた。

今まで自分を虐《しいた》げてきた[redacted]に復讐《ふくしゅう》を遂《と》げて、初めてわかった。

自分は仕返しがしたかったわけではなく——

——ただ、愛してほしかったのだ。

◇

「……く……そ……がァッ！」

七罪は忌々《いまいま》しげに吐《は》き捨てるように叫ぶと、手近な瓦礫《がれき》に頭を叩《たた》き付けた。

もとより痛んでいた頭がさらに痛む。目眩《めまい》がし、額からは血が滲む。

だが、いい気付けになった。七罪は息を荒《あら》くしながら奥歯を噛《か》みしめると、覚悟《かくご》とともに地を蹴《け》った。

◇

「――――」

静かに。

人間たちから〈ビースト〉の名で呼ばれる精霊は、歩みを進めていた。

灰色に曇《くも》った視界に映るのは、塵《ちり》と芥《あくた》が積もった大地。

そして――その直中《ただなか》に倒れ伏《ふ》した少年の姿であった。

「……、あ……、ぐ……」

その少年は、息も絶え絶えといった様子で苦しげな声を上げていた。衣服は切り刻まれ、露出《ろしゅつ》した肌《はだ》には痛ましい傷跡《きずあと》が幾《いく》つも刻まれている。恐らくこのまま放っておくだけでも、そう遠くないうちに息絶えてしまうだろう。

だが。

「大丈《だいじょう》……夫《ぶ》……だ……怖《こわ》がらなくて……いい……。俺たちは……敵じゃ……ない……」

仲間が全て倒れてなお。

己《おの》が身に死に至る傷を負わされてなお。

少年が吐く言葉は、変わらなかった。

「……黙《だま》れ……」

彼女は眉根を寄せると、忌々しげに呻《うめ》いた。

なぜだろうか。死に体《たい》のはずの少年の声は、異様に彼女の耳に障《さわ》ったのである。

少年が声を上げるたび。彼女に何かを訴《うった》えかけるたび。

彼女は、耳を、頭を、喉を掻《か》き毟《むし》りたくなるような衝動《しょうどう》に駆られてしまった。

恐らく、何らかの精神攻撃《こうげき》なのだろう。何の手もなく彼女の前に立つ人間などいるはずがない。早く殺さなければ。早く消さなければ。早く排除《はいじょ》しなければ。このままこの人間の声を聞き続けたなら、頭がどうにかなってしまいそうだった。

けれど、彼女の心の中には、微《かす》かな疑問が生じてもいた。

今まで幾度《いくど》か、この少年にとどめを刺《さ》す機会はあった。だがその好機に至ると、なぜか彼女の手は彼の首を落とすことを躊躇《ためら》ってしまったのである。

そもそも今この状況《じょうきょう》についてもそうだ。彼女は自ら、彼の残り香《が》を辿《たど》って鍵《かぎ》の剣《けん》を使い、空間に『孔《あな》』を開けた。まるで――彼にもう一度会いに行くかのように。

わからない。自分の行動が理解できない。なぜ、自分は、この少年のことをこんなにも気にかけてしまうのか。自分は――

「……だから……そんな、泣きそうな顔、しないでくれ……」

「…………ッ」

消え入るような少年の言葉に。

彼女は、思わず息を詰《つ》まらせた。

異様な動悸《どうき》。心臓を突き刺されるかのような激痛。

――駄目《だめ》だ。駄目だ。こいつは危険だ。こいつは、自分を、自分でないものに変えてしまう。殺さなければ。消さなければ。滅さなければ。

「……消え……ろ――ッ！」

――と。

彼女が、少年を殺すべく剣に手をかけた、そのときであった。

天から彼女目がけて、魔力《まりょく》の光が放たれたのは。

「……っ⁉」

目の前で起きた光景に、士道は思わず息を詰まらせた。

少女たちを屠《ほふ》り、士道に向かって歩みを進めてきていた〈ビースト〉。

その頭上に、目映《まばゆ》い光が降り注いだのである。

一拍遅《いっぱくおく》れて、〈ビースト〉の上方に、光り輝く一枚の『葉』が浮遊《ふゆう》していることに気づく。

──〈世界樹の葉《ユグド・フォリウム》〉。空中艦《かん》〈フラクシナス〉が誇《ほこ》る汎用《はんよう》兵器。

だが、それに気づいてなお、士道の驚愕《きょうがく》は収まらなかった。

それはそうだ。何しろ、〈世界樹の葉《ユグド・フォリウム》〉を扱《あつか》える少女たちはもう、皆《みな》〈ビースト〉にやられてしまったはずだったのだ。

誰《だれ》かが回復したのか？　それとも、〈フラクシナス〉が復旧したのか？　それとも──

「──小癪《こしゃく》……」

士道がそんな考えを巡《めぐ》らせていると、〈ビースト〉が四番目の剣を振《ふ》り上げた。瞬間《しゅんかん》、辺りの気温がぐんと下がり、彼女の頭上に、氷の壁《かべ》が形成される。

〈世界樹の葉《ユグド・フォリウム》〉から放たれた魔力光は、〈ビースト〉が展開した氷の壁に阻《はば》まれて、その余波を周囲に撒《ま》き散らした。

が、〈世界樹の葉《ユグド・フォリウム》〉の操り手も、そんな攻撃が〈ビースト〉に通じないことは百も承知だったらしい。〈ビースト〉が光線を弾《はじ》くために片手を振り上げた瞬間、彼女の後方から、小さな影《かげ》が姿を現す。

「――う……ッ、わぁぁぁぁ――っ！」

ぼさぼさの髪《かみ》を振り乱しながら、枝のような短剣《たんけん》を構えた小柄《こがら》な少女が、〈ビースト〉目がけて突撃《とつげき》する。その姿を認めて、士道は思わず目を見開いた。

「七罪……ッ⁉」

そう。〈ビースト〉に突貫《とっかん》を仕掛《しか》けたのは、最初に姿が見えなくなっていた七罪だったのである。

とはいえ、〈ビースト〉の注意が上空に逸《そ》れていたのは一瞬のこと。既《すで》に彼女は後方から迫《せま》る七罪の存在に気づいているようだった。

「……失せろ」

〈ビースト〉は冷淡《れいたん》な声でそう言うと、左手で八番目の剣を握《にぎ》って、七罪に向けて振り抜いた。その軌跡《きせき》に沿うように真空の刃《やいば》が飛んでいき――七罪の首を、いとも容易《たやす》く刎《は》ね飛ばす。

「なっ――」

その光景に、士道は絶叫《ぜっきょう》を上げかけ――しかしすぐに思い直した。

如何《いか》に追い詰められた状況とはいえ、七罪が、こんな無謀《むぼう》な手段に打って出るとは思えなかったのである。

あの、ネガティブで、悲観的で、自分に自信がなくて――過剰《かじょう》なまでに用意周到《よういしゅうとう》な七罪が、強大な敵に何の策もなく突貫するなどとは。

だからこそ士道は、すぐにその違和感《いわかん》に気づくことができた。

――切り落とされた七罪の首から、血が一滴《いってき》も流れていなかったのである。

「これは……！」

士道の声に合わせるかのように、七罪の首が、ブロックノイズのようにぶれ、空気に溶《と》けるように消えていく。

そこでようやく士道は理解した。――その七罪の姿が、随意領域《テリトリー》によって形成されたダミー映像であると。

〈世界樹の葉《ユグド・フォリウム》〉を中心として展開された随意領域《テリトリー》は、使用者の意志を現実に投影《とうえい》する空間。複雑な操作には慣れも必要だろうが、七罪はもともと鏡の天使〈贋造魔女《ハニエル》〉を振るっていた精霊《せいれい》である。光の屈折《くっせつ》を操作して虚像《きょぞう》を作るのは得手であるようだった。

しかし、今の七罪が虚像だったということは、本物の七罪は――

「――――」

士道がそう思った、次の瞬間。

まるで、風景に溶け込《こ》む柄《がら》が描《えが》かれたベールを脱《ぬ》ぎ捨てるように。

〈ビースト〉の懐《ふところ》深くに、小柄な人影《ひとかげ》が姿を現した。

虚像のように、無駄《むだ》な叫《さけ》び声や足音を上げたりはしない。

音もなく、声もなく。

闇《やみ》に潜《ひそ》む暗殺者の如《ごと》く、七罪はただ静かに――

手にした〈世界樹の枝《ユグド・ラームス》〉を、〈ビースト〉の胸に突《つ》き立てた。


「……っ」

両手に伝わった感触《かんしょく》に、七罪は息を詰まらせた。

――今自分に打てる手は全て打った。〈世界樹の葉《ユグド・フォリウム》〉の砲撃《ほうげき》を囮《おとり》に使い、随意領域《テリトリー》の虚像で注意を逸らし、必殺の間合いに入り込んだ。

〈ビースト〉の攻撃方法は、大きく分けて二つ。一つは、『爪《つめ》』による斬撃。もう一つは、『剣』による特殊攻撃《とくしゅこうげき》。後者はさらに、一〇のパターンに分かれる。

それら全てに対応することはほぼ不可能。だが、『剣』の権能を使う際には、該当《がいとう》する『剣』を握らねばならないようだった。

すなわち、一度に使用できる『剣』は二本まで。もしもその二本を同時使用した状態を作れるのならば、ほんの一瞬《いっしゅん》ではあるが隙《すき》が作れるのではないかと考えたのである。

持たざる者の一刺《ひとさ》し。なんとも卑怯《ひきょう》でみっともなく、小狡《こずる》い戦術。けれど、七罪はその手を選ぶことを躊躇《ちゅうちょ》しなかった。

もとより傷つく名などありはしない。恥《はじ》など既にかき尽《つ》くしてきた。士道と皆の命が助かるのならば、卑怯者の誹《そし》りなどさしたる痛痒《つうよう》にもなりはしなかった。

──だが。

「…………」

静かに──

眉《まゆ》をひそめることさえなく、〈ビースト〉が七罪を睥睨《へいげい》する。

それはそうだろう。

何しろ七罪の繰《く》り出した〈世界樹の枝《ユグド・ラームス》〉の刃は、〈ビースト〉に届いてさえいなかったのだから。

そう。〈ビースト〉の胸元の寸前。

そこに小さな『孔』が開き、〈世界樹の枝《ユグド・ラームス》〉を飲み込んでいたのである。

──第六の剣。空間に『孔』を開ける鍵の剣の柄を、〈ビースト〉はいつの間にか、その口にくわえていたのだ。

怪物《かいぶつ》。その二文字が頭を掠《かす》める。

七罪とはものが違《ちが》いすぎる。圧倒《あっとう》的な『本物』。

「――あ――」

その光景に、七罪は小さく息を吐《は》いた。

瞬間、頭の中に、かつて嫌《いや》というほど耳にした声が響《ひび》いてくる。

（……ほうら、やっぱり駄目だった。何をやっても駄目なんだよおまえは）

――黙れ。

（だからあのまま死んでりゃよかったのに。おまえに一体何ができた？　おまえがいて何が変わった？）

――黙《だま》れ。

（愚図《ぐず》が調子に乗りやがって。おまえにはできない。おまえは弱い。おまえは醜《みにく》い。おまえは一生、誰にも愛されない）

――黙……れ……ッ！

心の中で必死に抵抗《ていこう》するも、その言葉は、鉄鎖《てっさ》の如く七罪の手足に絡《から》みついてきた。

まだ終わっていない。まだ手は用意している。頭ではそれがわかっているのに、身体《からだ》が動かない。次の手を打たなければならないのに、[redacted]の影が七罪を捕《と》らえて放さなかった。

やがて〈ビースト〉の目が、ゆっくりと細められる。

まるで、七罪に終焉《しゅうえん》を告げるかのように。

「…………っ！」

――が、そのときであった。

「七……罪……ッ！」

苦悶《くもん》にも似た呼び声とともに、瓦礫《がれき》を踏《ふ》みしめる音が響いてきたのは。

「……っ、士道――!?」

七罪は思わず喉《のど》を絞《しぼ》った。だがそれも当然だ。何しろ、満身創痍《まんしんそうい》の士道が、全身から血を流しながらその場に立ち上がっていたのだから。

素人目《しろうとめ》に見ても、動けるような状態でないことは明白である。身体の至る所に打撲《だぼく》と裂《れっ》傷《しょう》が鏤《ちりば》められた瀕死《ひんし》状態。もはや自殺にも近い行動だ。

だが、士道は立ち上がってみせた。

一体何のために？

そんなこと、考えるまでもなかった。如何に悲観的な七罪でも、すぐにわかった。

――七罪を、助けるためだ。

「……どこを向いてやがる。おまえの狙《ねら》いは俺だろう？　さあ、来いよハニー。優しく抱《だ》き締《し》めてやる」

声を発するのも一苦労だろうに、士道は不敵に微笑《ほほえ》むと、〈ビースト〉を挑発《ちょうはつ》するようにそう言ってみせた。〈ビースト〉がぴくりと眉を揺《ゆ》らし、士道の方を睨《にら》む。

『――罪。七罪』

「……！　え――」

次いで、耳元に、小さな声が届いてくる。どうやら〈ビースト〉に気取《けど》られぬよう、インカムを通して士道が囁《ささや》いてきているようだった。

『……おまえのことだ。まだ何か仕込んでるんだろう？　……俺が注意を引き付ける。思いっきりやってやれ』

「っ、な、んで……」

『……わかるさ。長い付き合いだからな。……大丈夫《だいじょうぶ》。おまえなら、できる』

「……あ……ぁ――」

瞬間。七罪は、両の目にじわりと涙《なみだ》が滲《にじ》むのを感じた。

――誰《だれ》にも、愛されない？

そんな考えが頭を掠めたこと自体が、恥《は》ずかしくなった。

一体自分は何を考えていたのか。

死に瀕《ひん》してなお、七罪のために立ち上がってくれる男がここにいるというのに。

この絶体絶命の淵《ふち》に立って、七罪を信じ、七罪に命を預けてくれる仲間が、こんなにも側《そば》にいたというのに……！

「う……ぉおっ！」

七罪はヘッドセットを通して〈世界樹の葉《ユグド・フォリウム》〉に指令を発した。

「————っ!?」

次の瞬間。〈ビースト〉の顔が、初めて驚愕《きょうがく》に歪《ゆが》む。

だが、それも当然である。

何しろ〈ビースト〉の背には今、首から上のない七罪の虚像が握った〈世界樹の枝《ユグド・ラームス》〉が、深々と突き立っていたのだから。

——虚像に紛れるように放っておいた、もう一本の〈世界樹の枝〉が。

無論、〈世界樹の枝《ユグド・ラームス》〉は一人につき一本きり。七罪本人がそれを握っている以上、こんな攻撃《こうげき》は本来成立し得ない。

だが、七罪の手にはもう一本、本来の持ち主の無念を宿した〈世界樹の枝《ユグド・ラームス》〉が存在していたのだ。

そう——七罪を救ったことによって戦線を離脱《りだつ》せざるを得なくなった、四糸乃の短剣《たんけん》である。

「……いつまでも人の頭の中で、うだうだうだうだ煩《うるさ》いのよ。そろそろ黙れ、亡霊《ぼうれい》」

七罪は唸《うな》るように喉を震《ふる》わせると、頭に装着したヘッドセットを通して随意領域《テリトリー》を操作し、見えざる手で、〈ビースト〉の背に突き立った〈世界樹の枝《ユグド・ラームス》〉の柄を握った。

「私は……できる」

そして、呟《つぶや》くように言いながら、手に力を込める。

「私は……強い」

己に言い聞かせるように、強く、強く。

もはやその声に迷いはなかった。言葉の論拠《ろんきょ》は既《すで》に示されていた。

士道だけではない。四糸乃も。琴里も。二亜も。折紙も。耶倶矢も。夕弦も。六喰も。狂三も。美九も。そして、いなくなってはしまったけれど、十香《とおか》も。

みんなみんな、七罪を認めてくれた。

この場所にいていいと、言ってくれた。

七罪がかつて、求めて、焦《こ》がれて——でも、手に入らなかったものを与《あた》えてくれた。

七罪を——愛してくれた。

「私は……可愛《かわい》い……ッ！」

確かに相手は強大。この世に唯一《ゆいいつ》の謎《なぞ》の精霊。その力は絶大の一言。

対して七罪は極めて貧弱。あるものといえば借り物の武器。あとは、人の顔色を窺《うかが》い続けることによって培《つちか》われた、病的なまでの観察眼のみ。

けれど、だからといって諦《あきら》めるわけにはいかない。

七罪のことを愛してくれた皆《みな》を、殺させるわけにはいかない。

「──みんなは……私が──」

一瞬、声が途切《とぎ》れる。それはあまりにも不遜《ふそん》で、大それた発言だった。

けれど、すぐに思い直す。

覚悟《かくご》を言葉に込め、弾丸《だんがん》のように、放つ。

「私が、守る……、、、ッ！」

七罪は手に力を込めると──

〈ビースト〉に突《つ》き立てた短剣を、捻《ひね》った。

第八章　風待八舞《かざまちやまい》

——其《そ》れは、闇《やみ》に葬《ほうむ》られし記憶《きおく》。

双児宮《ジエミニ》の星辰《せいしん》が夜天を照らせど、その根源を知る者は在《あ》らじ。八舞の理《ことわり》も又然《またしか》りよ。

闇を探ることを咎《とが》めはせぬ。其れもまた人の業《ごう》なれば。然《さ》れど努《ゆめ》忘れるな。人は深淵《しんえん》を覗《のぞ》くとき、深淵を覗いているのだということを……

……ん？　あれ？　なんか違《ちが》う？　まあいいや。

ええと、で、何の話だっけ。ああ、そうそう。夕弦《ゆづる》とのことね。

うん、士道《しどう》には感謝してるよ。士道のおかげで、私と夕弦は二人のまま存在し続けることができたんだから。

あのときの私は、自分を犠牲《ぎせい》にしてでも、夕弦に生き残って欲しいと思った。

今だってあのときみたいな状況《じようきよう》になれば、きっと同じことを考えると思う。

けど、今は——間違《まちが》ってもそれを口に出すことはしない。

だって、夕弦にとって一番辛《つら》いことは、私を失うことだっていう確信があるから。

むず痒《がゆ》いこと言ってる自覚はあるけど、本当なんだから仕方ない。

だから私たちはきっと足掻《あが》く。死ぬほど考える。二人が生き残る道を。

だって、選択肢《せんたくし》は自分たちで増やせるってことを——士道が教えてくれたから。


回顧《かいこ》。なぜだか最近よく、昔のことを思い出します。

いえ、人間であった頃《ころ》の話ではありません。生憎《あいにく》、そのときの記憶は一つの確信——耶《か》倶矢《ぐや》ともともと一つだったという点を除いて曖昧《あいまい》なもので。

耶倶矢と競い合ったこと、そして、士道と出会ったときのことです。

あの頃は耶倶矢を生き残らせようと必死でしたが、今になってみれば楽しい思い出です。不思議なものですね。時間というものには、記憶を円熟させる効果があるようです。どんな大変な記憶も、過ぎてしまえば一つの経験。むしろ苦労が多ければ多いほど、色濃《いろこ》く心に刻まれている気がします。

とはいえ無論、それが効果を発揮するのは、平穏《へいおん》な『今』があればこそです。どんなに険しい道程も、どんなに苦しい道筋も、今この世界を形作るのに必要だったのだと思えば、全てが尊く感じられるのです。

だからきっと、こう思うのです。もし仮に夕弦と耶倶矢が人間であった頃の記憶を思い出したとしても。そして——たとえそれが、如何《いか》な艱難《かんなん》と辛苦《しんく》に塗《まみ》れたものであったとしても。

夕弦と耶俱矢は、笑いながらそれを懐《なつ》かしむことができると。

つまりはあれよ。これから先、どんなことがあろうと、私と夕弦なら——

確信。夕弦と耶俱矢なら——

——容易《たやす》く突破《とっぱ》してみせる。

——容易く突破してみせます。

◇

「……けふっ、けふっ……、……夕弦、生きてる？」

「……返答。なん、とか……」

瓦礫《がれき》の山の上に並んで寝《ね》そべっていた耶俱矢と夕弦は、同時に目を覚ますと、これまた同時によろよろと身を起こした。

双方《そうほう》、傷《と》だらけである。二人は互《たが》いの姿を見やると、自嘲《じちょう》気味に笑い、痛む身体《からだ》を気遣《きづか》いながら周囲の様子を確かめるように視線を巡《めぐ》らせた。

……どれくらい意識を失っていたのだろうか。二人が気を失う前に見ていた光景は、〈世界樹の枝《ユグド・ラームス》〉を構えて〈ビースト〉に突撃《とつげき》したときのものであった。どうやら二人とも、あえなく〈ビースト〉にやられてしまったらしい。

とはいえ、それは想定内のことではあった。もとより耶倶矢と夕弦の役目は、本命の一《いち》撃《げき》のための囮《おとり》。派手にやられてしまったとしても、一瞬《いっしゅん》〈ビースト〉の気を逸《そ》らすことができればそれでよかったのである。

無論、負けず嫌《ぎら》いな八舞姉妹だ。悔《くや》しさを感じないと言えば嘘《うそ》になる。だが、あの場で〈ビースト〉に刃《やいば》を届かせうる者がいたとしたならば、それは皆《みな》の中で唯一《ゆいいつ》CR - ユニットを纏《まと》った折紙《おりがみ》に違いなかったのだ。

これは功名のための戦いではなく、〈ビースト〉を救うための戦い。彼女の前に、士道の道を通す戦い。その目的さえ達することができるなら、耶倶矢や夕弦が一等の勲功《くんこう》を受ける必要はなかったのである。

「…………」

だが、周囲の光景は、二人が期待していたものとは異なっていた。――果てしなく広がる瓦礫の山。耶俱矢と夕弦が気を失ったときと、何も変わっていない。

理想は、二人が気絶している間に全てが終わり、〈フラクシナス〉か〈ラタトスク〉の医療施設《いりようしせつ》の中で目を覚ますことだったのだが――どうやらそこまでは至っていないらしかった。

とはいえ、あの折紙が何もできずにやられてしまったということはないだろう。きっと今頃《いまごろ》は――

「――あ」

「戦慄《せんりつ》。まさか……」

と、そこで耶俱矢と夕弦は気づいた。

周囲に、二人と同じように苦しげに呻《うめ》く少女たちの姿があることに。

そしてその中に、白銀のCR‐ユニットを剝《は》ぎ取られた折紙の姿があることに。

「な……！　お、折紙!?　嘘でしょ……!?」

「驚愕《きようがく》。そんな、マスター折紙が……！」

二人は息を詰《つ》まらせると、思わず目を見合わせた。

「…………」

折紙は、間違いなく少女たちの中で最強の戦力だった。その彼女が敗れたということは、士道を守る者がいなくなってしまったということと同義である。

「……ぬおりゃっ！」

「奮起。ぬん……！」

それを認識した瞬間《しゅんかん》、耶倶矢と夕弦は歯を食いしばり、その場に立ち上がった。無論、全身に激痛が走るが、そんなものは気合いで抑《おさ》え込む。極端《きょくたん》な話、たとえ手足が千切《ちぎ》れたとしても、生きてさえいれば顕現装置《リアライザ》によって接《つ》ぐことは可能だ。

そう。――生きてさえ、いれば。

死んでしまったなら、もう取り返しがつかない。たとえ人智《じんち》を超《こ》えた魔術師《ウィザード》の力でも。たとえ――最強を誇《ほこ》る始原の精霊《せいれい》であっても。その結果を覆《くつがえ》すことはできない。

だから一刻も早く、士道と皆の安否を確認せねばならなかった。無論最悪の事態となれば〈フラクシナス〉も黙《だま》って見ていはしないだろうが、あれだけ損傷しているのだ。万一ということもある。とにかくこの目で無事を確認するまでは――

と。

「――え？」

「――唖然《あぜん》。あれは」

次の瞬間。耶倶矢と夕弦は呆然《ぼうぜん》と目を見開いた。

だがそれも当然である。

突然《とつぜん》、地上から夜空に向かって、巨大《きよだい》な光の柱が屹立《きつりつ》したのだから。


「う……ぐ、ア、あ、ぁ、ぁぁぁアアアアアアアアアア——————ッ！」

——〈ビースト〉の絶叫《ぜつきよう》が、辺りの空気をビリビリと震《ふる》わせる。

「……っ」

士道はただ呆然と、その凄絶《せいぜつ》な光景を見つめていた。

七罪《なつみ》が放った短剣《たんけん》〈世界樹の枝《ユグド・ラームス》〉。その歪《いびつ》な刀身に身体を貫《つらぬ》かれた瞬間、〈ビースト〉が
——正確に言うならばその背に負った一〇の剣《けん》が、光を放ち始めたのである。

その目映《まばゆ》い輝《かがや》きは、脈動するかのように明滅《めいめつ》しながら、どんどんその強さを増していった。やがてバチバチと音を立て、辺りに霊力《れいりよく》の余波を撒《ま》き散らしていく。

「わ……っ、わわ……っ⁉」

狼狽《ろうばい》を露《あら》わにしたのは、〈ビースト〉のもっとも近くにいた七罪であった。突然輝《とつぜんかがや》きだした〈ビースト〉に驚《おどろ》いてか、その場で身を竦《すく》ませている。

「七罪！　そこにいちゃ危険だ！　一旦離《いったんはな》れろ！」

「……！　う、うん……！」

士道が叫《さけ》ぶと、七罪は慌《あわ》ててその場を離《はな》れた。一瞬前まで七罪がいた場所に、霊力の光が激しく炸裂《さくれつ》する。

「ぎゃーっ！　あ、あっぶな……」

「大丈夫《だいじょうぶ》か!?」

「な、なんとか……でも、これって」

『──よくやってくれました、可愛《かわい》い七罪』

それに応えたのは、インカムから響《ひび》くマリアの声だった。名前の前についていた形容詞に、七罪がピクッと頬《ほお》を動かす。

『〈世界樹の枝《ユグド・ラームス》〉の発動を確認。〈ビースト〉から、一時的に天使を切り離します。さすがは七罪。出来る子。強い子。可愛い子』

「ぬぐぉぉぉぉ────ッ！」

マリアの言葉に、七罪が頭を抱《かか》えながら身を捩《よじ》る。その様は、功績を認められて喜んでいるというよりも、痛々しい黒歴史を掘《ほ》り起こされて悶《もだ》えているかのように見えた。

……何だか他人《ひと》ごとに思えない。士道は力なく苦笑した。

「……あんまりからかわないでやってくれ。せっかく自分で自分を認められたんだから」

『褒《ほ》めたつもりだったのですが。――まあいいです。それより、来ますよ』

「え――」

マリアがそう言った、次の瞬間。

「――ぐ、ぅ、あ、ぉ、あぁぁぁぁアアッアアアアアアアアア――――ッ!!」

〈ビースト〉が一際大きな叫びを上げたかと思うと――その身体から、膨大《ぼうだい》な光が、空に向かって迸《ほとばし》った。

その様はまさに、天に聳《そび》える尖塔《せんとう》。或《あ》いは、夜闇《よやみ》を切り裂《さ》くように突《つ》き立てられた、巨大な剣を思わせた。

「うお……ッ!」

「んなっ――」

突然の光景に、士道と七罪は目を見開きながら顔を上げる。

するとその動作に合わせるようにして、光の柱の先端《せんたん》が星のように煌《きら》めき――

そこから、幾条《いくすじ》もの流星が、地上に向かって降り注いでいった。

「……って、ちょ、なんかこっちに来てない……!?」

ともに空を見上げていた七罪が、悲鳴じみた声を上げる。

そう。天から注がれる無数の光の塊《かたまり》。その内の一つが、士道と七罪目がけて降ってきたのである。

「な──」

思わず身を竦ませ、その場から逃《のが》れようとするも、遅《おそ》い。士道と七罪の視界が、目映い光に包まれた。

「う、うわぎゃぁぁぁぁ──────ッ!?」

が、予想されたような衝撃《しょうげき》はなかった。

その代わり──

「え……？」

呆然とした七罪の声が、辺りに響き渡《わた》る。

一拍《いっぱく》置いて、士道は気づいた。

尻餅《しりもち》をついた七罪の目の前に、一振《ひとふ》りの短剣が突き立っていることに。

「こ、れって……」

七罪が小さく息を呑《の》み、その剣を凝視《ぎょうし》する。

破壊《はかい》力よりも切れ味を追求《ついきゅう》したかのような曲刀である。中心に輝くは緑色の宝石。優美な曲線で構成されたそのシルエットは、どことなく、魔女《まじょ》の帽子《ぼうし》を思わせた。

その剣には見覚えがあった。――〈ビースト〉が背に負っていた一〇の剣のうちの一つである。

「――――！」

瞬間、まるでその流星が朝を呼んだかのように、東の空がうっすらと白み始める。

黎明《れいめい》の光をその身に浴びながら、士道は顔を上げ、周囲を見やった。――地上に降り注いだ流星の行方《ゆくえ》を探るように。

そして、理解する。

それぞれの流星が、在《あ》るべき場所へ辿《たど》り着いたことを。

折紙の前に、一番目の剣が。

二亜《にあ》の前に、二番目の剣が。

狂三《くるみ》の前に、三番目の剣が。

四糸乃《よしの》の前に、四番目の剣が。

琴里《ことり》の前に、五番目の剣が。

六喰《むくろ》の前に、六番目の剣が。

七罪の前に、七番目の剣が。

耶倶矢と夕弦の前に、八番目の剣が。

美九《みく》の前に、九番目の剣が。

――それぞれ、突き立っていたのである。

「これ、は……」

「っはー……かっこよ……」

「あら、あら。なんとも――懐《なつ》かしい感覚ですわね」

少女たちがよろよろと身を起こしながら、目の前に降臨した剣を見つめる。気を失っていたと思《おぼ》しき四糸乃や折紙たちも、その剣の霊力に揺《ゆ》り起こされたかのように、小さくうなりながら顔を上げた。

「ぐ、ぅ……ッ、お、の、れ……！」

それに反応するように、剣を失った〈ビースト〉が、苦しげに喉《のど》を絞《しぼ》る。

この機を逃してはならない。士道は皆《みな》に届くように声を張り上げた。

「みんな、剣を！」

『……おおッ！』

士道の声に応えるように、少女たちが一斉《いっせい》に手を伸《の》ばし、目の前に突き立った剣の柄《つか》を握《にぎ》る。

すると、その瞬間。

命の絶えた瓦礫《がれき》の山に、幾つもの霊力の光が渦巻《うずま》き――

大輪の花を付けるように、咲き誇った。

「…………っ！」

少女たちが握った柄を起点として、鐵色《くろがね》の剣が鮮《あざ》やかな色を帯びていく。

そしてそれらの剣はやがて、光とともにその形を変容させていった。

或いは無数の羽に。或いは豪壮《ごうそう》な本に。或いは銃《じゅう》を備えた時計に。或いは巨大な兎《うさぎ》に。或いは炎《ほのお》の戦斧《せんぷ》に。或いは鍵《かぎ》の錫杖《しやくじょう》に。或いは鏡を備えた箒《ほうき》に。或いは輝く楽器に。

そう。始原の精霊の消滅《しょうめつ》とともにこの世界から消え去ったはずの天使たちが、今再び地上にその姿を示したのである。

「……！　〈氷結傀儡《ザドキエル》〉――！」

「っ、まさか、本当に私たちの天使を纏《まと》っていただなんてね……」

「むん……これならば、戦えるのじゃ」

少女たち――精霊たちは、各々の天使を駆《か》ると、その感触《かんしょく》を懐かしむようにその身に霊力を纏わせ、様々な形の衣を顕現させた。

――霊装《れいそう》。精霊が纏う絶対の鎧《よろい》にして、城。

少女たちが立ち並ぶ煌びやかなその様は、まさに一年前の風景の再現。士道は、胸を満たす不思議な感慨《かんがい》に思わず拳《こぶし》を握った。

「え……？」

と、そのとき。不意に身体を温かい光が包み込んできて、士道は目を丸くした。

隣《となり》を見やると、そこに立っていた七罪が、〈贋造魔女《ハニエル》〉を掲《かか》げていることがわかる。それと同時、士道の身体《からだ》に刻まれていた幾つもの傷が、まるで嘘《うそ》のように綺麗《きれい》に塞《ふさ》がっていった。

「……久々だったから不安だったけど、意外と覚えてるもんね。一応、応急処置よ。例によって傷を負った部分を綺麗にしただけだから、あんまり無茶はしないで」

「いや、だいぶマシになったよ。ありがとう、七罪。おまえがいてくれてよかった」

「…………ん」

士道が傷の具合を確かめるように、手を握ったり開いたりしながら言うと、七罪が照れくさそうに視線を逸《そ》らした。

大人しい反応ではあったけれど、それは七罪が士道の賞賛を素直に受け取ってくれたことの証左である。士道は何だか嬉《うれ》しくなって、ふっと頬を緩《ゆる》めてしまった。するとそれに気づいたのか、七罪がさらに頬を赤くした。

そんな様子に、琴里が微笑《ほほえ》ましげな表情を作る。が、すぐ気を取り直すように咳払《せきばら》いをすると、皆を導くように声を上げた。

「さあ――」

和装のような霊装と、鬼《おに》の如《ごと》き角、そして灼熱《しゃくねつ》の炎をその身に帯びた琴里が、燃え盛る戦斧を〈ビースト〉に向ける。

「――ここからが、私たちの戦争《デート》よ」

その号令とともに――

精霊《せいれい》たちが、東雲《しののめ》の空に舞《ま》った。


朝焼けに燃える瓦礫の野に、幾条もの光が煌めく。

それは、天使を携《たずさ》えた少女たちが放つ、霊力《れいりょく》の輝《かがや》きである。世界に満ちる力《マナ》を集め集めて生成された、超《ちょう》自然の結晶《けっしょう》。人智《じんち》の及《およ》ばぬ『形ある奇跡《きせき》』。

およそ一年ぶりに霊装を纏《まと》った少女たちは、その空白《ブランク》を感じさせぬほどの精妙《せいみょう》さで以《もっ》て天使を操り、次々と〈ビースト〉を包囲していった。

「お、のれ。私に……何をした……ッ」

『剣《けん》』を奪《うば》い取られた〈ビースト〉は、襤褸《らんる》のような外套《がいとう》を翻《ひるがえ》しながら、右手に備えた

『爪《つめ》』を振《ふ》り払《はら》った。空間そのものが削《けず》り取られるかのような鋭《するど》い斬撃が少女たちを襲《おそ》う。

「ぬわっ⁉　デバフかかったんじゃなかったっけ⁉　全然強いまんまじゃん！」

「確かに天使は一時的に奪い取ったけど、元の力が違《ちが》いすぎるわ。弱体化っていうより、攻撃《こうげき》の選択肢《せんたくし》を奪った程度に考えてちょうだい。油断せず、連携《れんけい》して抑《おさ》え込むわよ！」

『──おおっ！』

琴里の言葉に応えるように、精霊たちが声を上げる。

が──

「…………」

「…………」

そんな戦場の中、その幻想《げんそう》的な光景を無言で眺《なが》めている影《かげ》が二つ、あった。

──八舞耶倶矢と、八舞夕弦。

普段《ふだん》であれば率先して皆の前に立ち、一番槍《いちばんやり》を競う双子《ふたご》の姉妹は今、なぜか目の前に突き立った剣の柄を取れずにいたのである。

〈ビースト〉が背に負っていた八番目の一振り。

渦《うず》を巻くような意匠《いしょう》が施《ほどこ》された、細身の剣。

形こそ違えどその剣からは、かつて耶倶矢と夕弦が携えていた風の天使〈颶風騎士《ラファエル》〉の威容《いよう》がありありと感じ取れた。

きっとそれを手に取れば、皆と同じように精霊の力が戻《もど》ってくるのだろう。そうすれば、士道の一助となれるに違いない。躊躇《ためら》う必要など微塵《みじん》もないはずだった。だが――

「あのさ、夕弦」

「呼掛《よびかけ》。耶倶矢」

耶倶矢と夕弦は互《たが》いの名を呼ぶと、視線を交わし合った。

「……ぷっ」

「……微笑。ふふ」

そのタイミングが測ったように同じだったものだから、二人は思わず笑ってしまった。

そうして、これまた同時に思い出す。

今からおよそひと月前。この逡巡《しゅんじゅん》の原因となる出来事を――

◇

――覚えているのは、空だった。

そう。空だ。青い空。雲一つない――とまではいかないけれど、息を呑むほどに綺麗な光景だったように思う。

そして、そこを横切る鳥の姿が妙《みょう》に美しく思えて、思わず手を伸ばしたのだ。

否《いな》——手を、伸ばそうとしたのだ。

実際には、視界に自分の手は入ってこなかった。

天に向かって伸ばせなかっただけなのか、まったく動かなかったのか……それとも、既《すで》に腕《うで》そのものがなくなっていたのかは、自分にもよくわからなかったけれど。

思考ははっきりしているというのに、身体の感覚は妙に曖昧《あいまい》だった。SF作品なんかに出てくる、脳と脊椎《せきつい》だけになって水槽《すいそう》に浮《う》いている人間は、もしかしたらこういう感覚なのかもしれない、と、詮《せん》ない考えが浮かんでは消えていく。

とはいえ、身体の感覚がないことには感謝した方がいいのかもしれなかった。

きっと、それまで鮮明《せんめい》に残っていたなら、今こうして考えを巡《めぐ》らすことさえできていなかっただろうから。


その日は、別に何でもない日のはずだった。

朝起きた時間もいつもと変わらなかったし、トーストに塗《ぬ》ったのも、いつも通りバターと自家製イチゴジャムを半々。それを四枚。バター二枚とイチゴジャム二枚ではいけない。このコンビネーションが重要なのだ。そう力説すると、母も「いいから早く学校いけ」と賞賛の言葉を述べてきた。

そうして、限りなく軽い学生鞄《かばん》と、バイト代（と親に頼《たの》み込んで前借りした小遣《こづか》い）を貯めて買ったフェンダーのストラトを背負って登校し、真面目（当社比）に授業を受ける。

昼食も普段と同じく購買《こうばい》のパン。いつも張り合ってくる二組のマヤ、五組のコノミを軽くいなして、人気のカツサンドとカスタードメロンパン、あとソーセージマヨロールとチョコデニッシュを華麗《かれい》にゲット。涙目《なみだめ》になりながら残り物をかじる二人を眺めながら食べるパンはいつもながら格別の味だった。

放課後は、次の文化祭で演奏する曲目で部活仲間のカナとバトり（こっちの推す曲をクサいとか吐《ぬ》かしやがった。ギルティ）、助っ人を頼まれていた女バスに顔を出し、モデルを頼まれていた服飾《ふくしょく》研に寄り、クラスメートのミエリの恋愛《れんあい》相談（とはいってもほぼ自虐《じぎゃく》風自慢《じまん》の惚気《のろけ》。最後は必ず「ヤマイも早く彼氏作りなよ～」で締《し》めくくられる。どうやら長生きに興味はないようだ）を受けてから帰路に就いた。

そんな、今まで一〇〇回は繰《く》り返したような、ありふれた日常の一ページ。

確かに楽しくはあるが、今さら取り立てて騒《さわ》ぐほどのこともない一日。一〇年か二〇年か経《た》ったあと、あの頃《ころ》はよかったなあと振り返るには、きっと適していただろう。

強《し》いていつもと違うことを挙げるなら——

帰宅中、転がったボールを追って、車の前に飛び出す子供の姿……なんて、漫画《まんが》みたいな光景を目撃《もくげき》してしまったことくらいだろうか。

……いやはや何とも、格好いいことをしてしまった。まるで昔憧《あこが》れたヒーローだ。きっと警察に表彰状《ひょうしょうじょう》とかもらって、地元新聞の三面記事を飾《かざ》るに違いない。朝礼のとき全校生徒の前で紹介《しょうかい》されるかもしれない。

ああ、でも怪我《けが》は困るな。文化祭が近いんだ。自分抜きでは演奏が成り立たなくなってしまう。運動部の助っ人もまだある。それに――

そこまで考えたところで、ようやく意識に靄《もや》がかかっていき、自分の状態が自覚できた。

いや、本当はわかっていたのだろう。

わかった上で、気づかない振りをしていたのだ。

――参ったな。まだやりたいこともあったのに。旅行だってしたいし。美味《おい》しいものももっと食べたいし。何より、まだ彼氏だってできたことがないのに。

嗚呼《ああ》、そうだ。わたしは――

風待八舞は、このとき、死んだのだ。

◇

「…………」

「…………」

二月。精霊マンション八〇八号室。八舞姉妹が共同で住む部屋で。

封筒《ふうとう》から取り出した資料に目を通した耶倶矢と夕弦は、ともに無言のままソファに腰《こし》かけていた。睡眠《すいみん》時以外ほぼどちらかが、もしくはどちらもが喋《しゃべ》っている八舞姉妹には珍《めずら》しい状況《じょうきょう》ではある。

とはいえそれも無理のないことではあった。

何しろその資料には、二人が予想だにしない事実が記されていたのだから。

「……風待八舞、だってさ」

どれくらい沈黙《ちんもく》が続いた頃だろうか。無言の状態に耐《た》えかねたかのように、耶倶矢がぽつりと呟《つぶや》いた。

「……首肯《しゅこう》。そのようですね。意外なことですが」

「えっと……うん、まあ、名前はわりと格好いい……かな」

「失笑。そこですか」

耶倶矢の言葉に、夕弦が小さく噴《ふ》き出す。それを受けて、耶倶矢は曖昧に笑いながら肩《かた》を竦めた。

資料の入った封筒を目の前に示された瞬間《しゅんかん》、誰《だれ》よりも早くそれを手に取った耶倶矢と夕弦ではあったが――さすがにこれは考えていなかった。

まさかその資料に記されていた人物の情報が、一人分であるとは。

いや、正確に言うならば、確かに記憶《きおく》というか、不思議な実感は前からあったのだ。

――耶倶矢と夕弦はもともと一つの存在であり、それが二つに分かれたものだ、と。

実際、士道と出会う前に繰り返していた数多《あまた》の勝負は、二人がいずれ一人の精霊に戻ったときの主人格を決める戦いに他ならなかった。

だが、澪《みお》と十香《とおか》を除く精霊が、もとは人間であったという事実が明らかになってから、二人の考えは少し変わっていた。

それはそうだ。澪や十香のように、霊力から生じた存在ならばいざ知らず、一人の人間が二人に分裂《ぶんれつ》するなど、普通《ふつう》に考えればあり得ないだろう。

それゆえ耶倶矢と夕弦は、『もともと一つの存在であった』という実感は、自分たちに付与《ふよ》された霊結晶《セフィラ》の影響《えいきょう》であるのではないかと思っていた。

つまり、二つに分かたれた霊結晶《セフィラ》が、双子の姉妹に付与されたことにより、もともと同一の存在であったという思い込みが植え付けられたのではないか——と考えたのだ。

だから、この封筒を開ける前の二人は、

「絶対私が姉だし！」

「否定。どう見ても夕弦が姉です。主にこの辺が。ふにふに」

「ナチュラルに人の胸揉《も》むなぁぁぁっ！　まったく……私が姉だったらちゃんと『耶倶矢お姉様』って呼んでもらうかんね！」

「覚悟《かくご》。耶倶矢こそ、夕弦が姉だったときは『格好よくて優しくて、耶倶矢のだーいすきな夕弦お姉ちゃん様』と呼んでもらいますよ」

「なんかそっちだけ形容詞多くない!?」

と、能天気な言い合いをした上、双方《そうほう》自分が姉である方に明日のおやつを賭《か》けていたりしたのである。

……まあ、正確に言うとその仮説を立てたのは、昔二人が相談を持ちかけた折紙であり、耶倶矢と夕弦はそれを聞いて「ほへー……あ、いや、我もそう思っていたである」「賞賛。さすがですマスター折紙」と言っていただけなのだが。

しかし、実際〈ラタトスク〉の資料に記されていたのは、『風待八舞』という名の少女一人の情報のみだった。

耶倶矢が、混乱したように頭をガリガリとかきむしる。

「……つまり、どういうこと？　私たち、元人間のくせにスライムみたいに分裂したってこと？　えっ、ホントに人間？　精霊《せいれい》よりモンスターっぽくない？」

「詳細《しょうさい》。〈ラタトスク〉による注釈《ちゅうしゃく》ですが、バニシングツインに近い状態だったのでは……とあります」

「バニシングツイン……？　何そのちょっと格好いい響《ひび》き。なんか相手の攻撃《こうげき》とか消去する技っぽい」

「解説。双子《ふたご》を妊娠《にんしん》するも、片方が上手く育たず、母胎《ぼたい》、もしくはもう片方の胎児《たいじ》に吸収されてしまう現象……つまりものすごく簡単に言うと、風待八舞は、『双子で生まれるはずだった人間』ということです」

「双子で……」

耶倶矢と夕弦は、改めて資料に視線を落とした。

──風待八舞。当時一七歳。一〇月一八日生。

ある日の下校中、子供を庇《かば》って事故に遭《あ》ったところまでは記録されている。恐《おそ》らくこのとき、〈ファントム〉の手によって精霊になったのだろう。

けれど、風待八舞が生命活動を停止しかけていたことも手伝ってか──その存在の中に潜《ひそ》んでいた、もう一人の人間の因子が、霊結晶《セフィラ》に反応を示したのではないか。

資料には、そう記されていた。

「……えっと、他に資料はないの？」

「確認。そうですね、あとは――」

と、そこで夕弦が書類の束の中から、小さな封筒を見つけ出した。

表に『写真／風待八舞』と書かれた、封筒を。

「…………」

「…………」

それを目にして、耶倶矢と夕弦が、再び無言になる。

そして、そのままどれくらい経った頃だろうか、

「あのさ、夕弦」

「呼掛《よびかけ》。耶倶矢」

二人は、どちらからともなく声を発した。

「あっ……、何？」

「質問。耶倶矢こそ、何でしょう」

双方、相手に譲《ゆず》り合う。が、このままでは埒《らち》が明かなかった。二人とも意を決するよう

にしてコホンと咳払《せきばら》いをする。

「いや……なんていうか、そういえば今日、お昼まだだったなあ、なんて。ちょっとご飯がてら休憩《きゆうけい》してさ。また二時間後くらいにここで……なんて、どうかなって」

「奇遇《きぐう》。実は夕弦もそう思っていたところです」

耶倶矢と夕弦は一瞬《いつしゆん》視線を交わらせると、曖昧《あいまい》に笑いながら、同時に席を立った。


「…………はあ」

精霊マンションを出てしばらく歩いたところで、耶倶矢は小さくため息を吐《つ》いた。

昼食を摂《と》るという名目で休憩時間を設けたものの、まるでお腹は減っていなかった。……いや、今日は朝にイチゴジャムを塗《ぬ》ったトーストとサラダくらいしか食べていないから、多分減ってはいるのだろうが、全く空腹感を覚えなかった。

理由は考えるまでもない。——風待八舞のことだ。

夕弦には言えなかったが……あの資料を読んでから、耶倶矢の頭の中には、ぼんやりと風待八舞の記憶が甦《よみがえ》っていたのである。

そう、思い出して、いたのだ。

彼女の履歴《りれき》を。彼女の思考を。彼女の──最期《さいご》を。

これは一体何を意味するのだろうか。耶倶矢は突然《とつぜん》のことに混乱してしまい、適当な理由をつけて席を立つ他なかったのである。

──自分と夕弦が二人に分かれたのは、風待八舞の中に、もう一人の人間の因子が宿っていたからだという。

ならば、どちらかがもともとの風待八舞で、もう片方はもともと存在していなかった風待八舞の双子の姉妹であったとでもいうのだろうか。

そして、耶倶矢に風待八舞の記憶が甦ったということは──

「……ああ、もう」

耶倶矢は陰鬱《いんうつ》な気分を払《はら》うように頭《かぶり》を振《ふ》った。

駄目《だめ》だ。駄目だ。一人で思い悩《なや》んでいると、嫌《いや》な想像ばかりしてしまう。

やはり、こういうときに向かう場所は一つしかない。耶倶矢は顔を上げると、歩調を速めて目的地への進路を取った。

と──

「……思案。むう」

精霊マンションを出てしばらく歩いたところで、夕弦は小さくため息を吐いた。

昼食を摂るという名目で休憩時間を設けたものの、まるでお腹は減っていなかった。

……いや、今日は朝にバターを塗ったトーストとサラダくらいしか食べていないから、多分減ってはいるのだろうが、全く空腹感を覚えなかった。

理由は考えるまでもない。——風待八舞のことだ。

耶倶矢には言えなかったが……あの資料を読んでから、夕弦の頭の中には、ぼんやりと風待八舞の記憶が甦っていたのである。

そう、思い出して、いたのだ。

彼女の履歴を。彼女の思考を。彼女の——最期を。

これは一体何を意味するのだろうか。夕弦は突然のことに混乱してしまい、適当な理由をつけて席を立つ他なかったのである。

——自分と耶倶矢が二人に分かれたのは、風待八舞の中に、もう一人の人間の因子が宿っていたからだという。

ならば、どちらかがもともとの風待八舞で、もう片方はもともと存在していなかった風待八舞の双子の姉妹であったとでもいうのだろうか。

そして、夕弦に風待八舞の記憶が甦ったということは――

「……自戒《じかい》。いけませんね、これでは」

夕弦は陰鬱な気分を払うように頭を振った。

駄目だ。駄目だ。一人で思い悩んでいると、嫌な想像ばかりしてしまう。

やはり、こういうときに向かう場所は一つしかない。夕弦は顔を上げると、歩調を速めて目的地への進路を取った。

と――

「――あ」

「――驚愕《きょうがく》。これは」

耶倶矢と夕弦は、まったく同時に互《たが》いの姿を発見し、目を丸くした。

そう。精霊マンションの前で別れ、ぐるりと辺りを歩き回っていたはずの二人は、寸分《すんぶん》違《たが》わぬタイミングで、同じ場所へやってきていたのである。

この――マンションの隣《となり》に位置する、五河《いつか》家へと。

「…………」

「………」

二人はしばしの間呆然《ぼうぜん》と見つめ合うと、

「ぷっ、はは……」

「苦笑。ふ、ふふ……」

どちらからともなく、笑い始めた。

何のことはない。耶倶矢も夕弦も不安で仕方なくて——話を聞いてもらうため、士道のもとにやってきていたのだ。

と、そんな笑い声に気づいたのか、そこで五河家の玄関《げんかん》が開き、士道がひょっこりと顔を出してくる。

「……？　どうしたんだ、二人とも。家の前で」

「あー……ごめんごめん。ちょっと士道に相談があってさ」

「首肯《しゅこう》。聞いていただけますか？」

「相談？」

士道は不思議そうに首を傾《かし》げながらも、耶倶矢と夕弦を家の中に招き入れてくれた。

「で、相談ってなんだ？」

士道が手早くお茶を淹《い》れ、二人の前に出してくれる。耶倶矢と夕弦はちらと互いを見合うと、小さく唸《うな》りながら言葉を発した。

「ん……、なんていうか、もしもの話だけど……」

「質問。もし士道が、あなたは偽物《にせもの》でした、と言われたら、どう思いますか？」

「…………は？」

二人の問いに、士道は怪訝《けげん》そうに眉根《まゆね》を寄せた。

「なんだそれ。偽物……？　心理テストか何かか？」

「んー、まあ、そんなとこ。どう思う？　ある日突然自分と同じ顔の人間が出てきてさ」

「宣言。『今までご苦労だったな、俺が本物だ』と言ってきたとしたなら」

「……それって、真士《しんじ》のことか？」

士道が、あごに手を当てながら問うてくる。その答えに、耶倶矢と夕弦は「あ」と目を見開いた。

真士とは、士道が士道になる前の存在の名だ。耶倶矢と夕弦にそんな意図はまったくなかったのだが、確かに士道が聞けばそう思ってしまうかもしれなかった。

「ご、ごめん。そういうつもりじゃなかったんだけど……」

「謝罪。そう聞こえてしまったなら謝ります。二人を侮辱《ぶじょく》する意図はありませんでした」

耶倶矢と夕弦が慌《あわ》てながら言うと、士道は肩《かた》を竦めながらふっと頬《ほお》を緩《ゆる》めてみせた。

「いいさ、わかってるって」

そしてそう言って、数瞬《すうしゅん》の間考えを巡《めぐ》らせるような仕草をしてから、答えてくる。

「……偽物って、なんだろうな」

「え？」

「疑問。その心は？」

「いや、だってさ、俺はその『本物の士道』ってやつとは別の生活を送ってるわけだろ？違《ちが》う人と知り合って、違う話をして、違うものを食べて。……ならもうそれは偽物なんかじゃなく、もう一人の、本物なんじゃないか？

——少なくとも、俺と真士は、互いにそう思ってるよ」

「…………」

「…………」

士道の言葉に、耶倶矢と夕弦は顔を見合わせると——

「ふ……へへへ」

「微笑《びしょう》。まったくその通りです」

期待通りの答えに、破顔した。

——ああ、やはり、ここに来てよかった。

心を満たす温かな感情に、耶倶矢と夕弦は段々と笑みを大きくしていった。

きっとその答えは、既《すで》に耶倶矢と夕弦の中にあったものだったのだ。もしも自分が風待八舞でないとしたなら、もっと早くその答えに至れていただろう。たとえ自分が、もともと生まれることのできなかった存在だったとしても、今の自分には関係がない、と。

けれど、相手を思いやる心が、逡巡《しゅんじゅん》を生んでしまった。夕弦が、耶倶矢が、己の出自にショックを受けてしまうのではないかという懸念《けねん》が、二人を悩ませていたのだった。

今思えば、何をそんなに思い詰《つ》めていたのだろう。

耶倶矢と夕弦は、同時にそんなことを思った。そしてなぜだろうか、相手も同じことを考えているという確信があった。

確かに耶倶矢と夕弦は、同じく人間から精霊《せいれい》になった少女たちに比べて、少々特殊《とくしゅ》な経歴をしているのかもしれない。

だが、それが何だというのだ。

今こうして、二人でいることがこんなにも楽しいというのに。

二人で競い合うことが、こんなにも心を熱くするというのに。

互いの存在が、救いになっているというのに――

きょとんとする士道の前で、二人は、しばしの間笑い続けた。

——そう。あのときから、覚悟《かくご》は決まっていたはずなのだ。

一瞬《いっしゅん》手が止まってしまったのは、失ったはずの天使の力が目の前に示されて、戸惑《とまど》ってしまったからに過ぎない。

精霊の力は、心の在《あ》りようで如何様《いかよう》にも形を変える。風待八舞としての記憶《きおく》を持った状態で霊力《れいりょく》を手に入れたなら、自分たちに、何かしらの変容が起きるのではないかと思ったのである。

けれど——今さら何を恐《おそ》れることがあるというのか。

耶倶矢がいれば。

夕弦がいれば。

——自分たちは、最強だというのに。

◇

光躍《おど》る戦場の中、耶倶矢と夕弦は互いに微笑み合うと、どちらからともなく手を取った。

「行こっか、夕弦」

「同意。行きましょう、耶倶矢」

そしてそう言って、それぞれもう片方の手で、目の前に突《つ》き立った螺旋《らせん》の剣《けん》の柄《つか》を握《にぎ》る。

「――！」

「……！」

瞬間《しゅんかん》。二人が触《ふ》れた箇所《かしょ》から、剣の表面に波紋《はもん》が広がっていき、その形がぐにゃりと変容していった。

同時、耶倶矢と夕弦もまた、懐《なつ》かしい感覚を覚える。

冷え切った身体《からだ》に、熱い血潮《ちしお》が流れ込むような。

腹の奥底で眠《ねむ》っていた何かが目を覚ますような。

――失った翼《つばさ》が、再び背に備わるような。

「夕弦――」

「呼応。耶倶矢」

繋《つな》いだ手を起点とするように、二人の身体の境界が曖昧《あいまい》になるような感覚。

だが、二人に恐れはなかった。むしろ、心に湧《わ》き上がる高揚感《こうようかん》を抑《おさ》える方が大変なくらいだった。

耶倶矢と夕弦は、どちらからともなく顔を近づけると――

『――』

その唇《くちびる》を、触れ合わせた。

◇

「――アアアアアアアアアアアアアアアア――――ッ！」

怒《いか》り狂《くる》うかのような咆吼《ほうこう》とともに、幾条《いくすじ》もの斬撃が放たれる。

〈ビースト〉が備えた五本の『爪《つめ》』は、空気を、地面を、無造作に切り裂《さ》きながら荒《あ》れ回り、精霊たちに襲《おそ》いかかった。

「く……！　なんてパワーしてるのよ、この子は……！」

凄《すさ》まじい威力《いりょく》を持った斬撃を〈灼爛殲鬼《カマエル》〉でどうにか打ち払《はら》う。腕《うで》に伝わる重い衝撃《しょうげき》に、琴里は思わず顔をしかめた。

〈世界樹の枝《ユグド・ラームス》〉によって『剣』を奪《うば》い去られたはずの〈ビースト〉は、しかし琴里たちと、互角《ごかく》以上の戦いを繰《く》り広げていたのである。

一〇の『剣』を振《ふ》るっていたときのように、空間に『孔《あな》』を開けたり、氷や炎《ほのお》を放ったりはしない。

けれど〈ビースト〉は、触れるもの全てを切り裂く『爪』と、超常《ちょうじょう》的な膂力《りょりょく》や反応速度――要は、純粋《じゅんすい》にして明快な『力』のみで、精霊たちを圧倒《あっとう》していたのである。

折紙の光線も、四糸乃の冷気も、六喰の死角からの攻撃《こうげき》も、七罪の変身も、美九の音波も、全てを一撃の下《もと》に叩《たた》き伏《ふ》せ、一切の抵抗《ていこう》を無駄《むだ》と断ずるかの如《ごと》く吼《ほ》えてみせる。

その様は、まさに枷《かせ》から放たれた獣《けもの》。彼女から発される神々しいばかりの威容《いよう》に、少女たちは思わず息を呑《の》んだ。

無論、琴里たちの目的は〈ビースト〉を屈服《くつぷく》させることでもなければ、ましてや殺すことでもない。だがこの状態では、士道と対話をさせるなど夢のまた夢だろう。

むしろ、『剣』を剝《は》ぎ取る前よりも、荒々《あらあら》しさが増した気さえする。もしかしたら、武器を奪うことによって彼女を本気にさせてしまったのかもしれない。或《あ》いは――本当にあの『剣』こそが、彼女を抑え込む牢獄《ろうごく》だったとでもいうのだろうか。

と、琴里が、頭を掠《かす》めた笑えない想像に汗《あせ》を滲《にじ》ませていると、ヘッドセットからマリアの声が響《ひび》いてきた。

『――悠長《ゆうちよう》に小競り合いをしている暇《ひま》はありませんよ。〈世界樹の枝《ユグド・ラームス》〉はあくまで一時的に〈ビースト〉と天使を引き剝がしているに過ぎません。あまり長引けば、再び天使は「剣」となり、彼女に引き寄せられてしまうでしょう。そうなれば、もう打つ手はありません』

「別に好きで時間をかけてるわけじゃないわよ……！」

琴里は眉《まゆ》をひそめながら、呻《うめ》くように言葉を返した。

が、マリアとて、琴里たちを煽《あお》ろうとしているわけではあるまい。彼女の言《げん》はただの純然たる事実だ。琴里は舌打ちをすると、大きく声を張り上げた。

「折紙！　このままじゃ埒《らち》が明かないわ！　一発大きいのを食らわせるわよ！」

「――了解《りようかい》した」

琴里の指示に応え、折紙が声を上げてくる。琴里は小さくうなずくと、意識を集中させて〈灼爛殲鬼《カマエル》〉を頭上に掲《かか》げた。

すると、琴里の意に従うように、戦斧《せんぷ》の形をしていたそれが姿を変えていき――琴里の細腕《ほそうで》に纏《まと》わり付くようにして、巨大《きよだい》な砲門《ほうもん》を形作った。

【砲《メギド》】。炎の天使〈灼爛殲鬼《カマエル》〉が誇《ほこ》る、最大火力形態である。

「〈絶滅天使《メタトロン》〉――」

そしてそれと同時、折紙が身体の周囲に浮遊《ふゆう》する無数の『羽』を結集し、これまた大砲《たいほう》のような形を作る。

「…………っ」

そんな二人の動きに勘付《かんづ》いてか、〈ビースト〉がピクリと眉を揺《ゆ》らした。こちらを警戒《けいかい》するように目を細め、飛びかかるように姿勢を低くする。

本能か、知性か、経験則か。何が彼女に確信を与《あた》えているのかはわからなかったが、明らかに、琴里と折紙を脅威《きようい》と見抜《みぬ》いている。そしてなんとも口惜《くちお》しいことではあるが、〈ビースト〉のスピードは、琴里たちを遥《はる》かに凌駕《りょうが》していた。

このまま【砲《メギド》】を撃《う》ったところで、恐らく避《さ》けられてしまうだろうという確信が、琴里の脳裏を掠める。如何に最大威力の一撃とはいえ、当たらなければ意味がない。

いや、それどころか、砲撃《ほうげき》を放ったあとの琴里と折紙には数瞬の隙《すき》が生じてしまう。彼女を前にその空隙《くうげき》は致命傷《ちめいしょう》となり得た。

そう。このままでは撃つことができない。——このまま、では。

「——四糸乃！　美九！」

「はい！」

「待ってましたぁ！」

琴里が叫《さけ》ぶと、大きなウサギの人形に跨《また》がった四糸乃と、身体の周囲に光り輝《かがや》く鍵盤《けんばん》を纏わせた美九が応えた。双方《そうほう》、細かな指示を発したわけでもないのに、〈ビースト〉の死角に位置する場所に陣取《じんど》っている。

「〈氷結傀儡《ザドキエル》〉！」

「〈破軍歌姫《ガブリエル》〉——【輪舞曲《ロンド》】！」

次の瞬間、周囲の気温が瞬時《しゅんじ》に下がったかと思うと、〈ビースト〉を地上に繋《つな》ぎ止めるかのように、彼女の足に氷の枷が出現した。そしてそれと同時、目には見えない『音』の壁《かべ》が、彼女の身体を何重にも拘束《こうそく》する。

「う、ぐ、ア、アァ――――ッ⁉」

さすがにこれは予想外だったのだろう。〈ビースト〉が咆吼を上げ、身を捩《よじ》る。

が、その隙を逃《のが》す琴里と折紙ではなかった。二つの砲門を同時に〈ビースト〉に向け、吼える。

「〈灼爛殲鬼《カマエル》〉――【砲《メギド》】‼」

「〈絶滅天使《メタトロン》〉――【砲冠《アーティリフ》】‼」

炎と、光。

二つの砲門に圧縮された濃密《のうみつ》な霊力が一気に放出され、虚空《こくう》に二本の線を引く。まだ仄《ほの》暗《ぐら》い明け方の空が、燃え上がるように鮮明《せんめい》に色づいた。

純粋な火力でいえば、天使の中でも最強に数えられる〈灼爛殲鬼《カマエル》〉と〈絶滅天使《メタトロン》〉。

それぞれの全力全開の一撃が、寸分の狂いもなく、地に磔《はりつけ》にされた〈ビースト〉に襲いかかった。

が――

「――あ、ァ、アぁぁぁアアぁぁアアア――――ッ！」

二つの砲撃の直撃《ちょくげき》を受ける寸前、〈ビースト〉は一際大きな咆吼を上げたかと思うと、力任せに、四糸乃と美九の拘束を引き千切《ちぎ》った。

「え……っ⁉」

「きゃーっ！　激しいですぅ！」

四糸乃と美九が狼狽《ろうばい》を滲ませる中、〈ビースト〉が地を蹴《け》り、空へと身を躍《おど》らせる。琴里と折紙が渾身《こんしん》の力を込めた砲撃が、一瞬前まで〈ビースト〉がいた空間を通り抜《ぬ》けていった。

――しかし。

「むん。妹御《いもうとご》と折紙の一撃、無駄にはせぬぞ」

「……ああ、そうよね。避けると思ってたわ、あんたなら……！」

そのとき。いつの間にそこに回り込んでいたのか、琴里と折紙の対角線上に控《ひか》えていた六喰と七罪が、手にした天使を同時に掲げた。

鍵《かぎ》の天使〈封解主《ミカエル》〉。

そして、その姿を模した鏡の天使〈贋造魔女《ハニエル》〉を。

「扉《とびら》を開け、〈封解主《ミカエル》〉！」

「逃《に》がすか……っての！」

二人は、錫杖《しやくじよう》の先端《せんたん》を空間に差し込むと、そこに大きな『孔』を生じさせた。

その『孔』は、琴里と折紙の放った必殺の一撃を吸い込むと——

〈ビースト〉の背後に開いた新たな『孔』から、その砲撃を放出した。

「が……ぁァァァッァアアアア————————っ！」

天を灼《や》く光と、地獄《じごく》の業火《ごうか》。

皓《しろ》と紅《あか》に染まった霊力《れいりょく》の奔流《ほんりゅう》が〈ビースト〉を呑み込み、空へと抜けていく。

この場で——否《いな》、恐《おそ》らく現在この地上で最高の威力を誇る、精霊《せいれい》の力を結集した一撃。

通常の生物であれば塵《ちり》すら残らないであろう、強力無比な破滅《はめつ》の光。

如何《いか》に強大な霊力を誇る〈ビースト〉といえど、無事には済まないだろう。……実際今さらではあるが、少しやり過ぎたかもしれないと自戒《じかい》する琴里であった。

とはいえ、彼女を大人しくさせるのが急務であったことに変わりはない。琴里や折紙は恨《うら》みを買ってしまいそうだったが、そこはそれ、その心を解きほぐすのが士道の役目である。彼女を攻略《こうりゃく》できるのなら、憎《にく》まれ役などいくらでも——

「——琴里！」

と。

不意に響いた士道の叫びによって、琴里はようやく気づいた。

未《いま》だ空に痕跡《こんせき》を残し続ける霊力の奔流。

その目映《まばゆ》い柱の中から、黒い影《かげ》が飛び出してきたことに。

「逃げろ、琴里ぃぃぃッ！」

士道は、地上から空を見上げながら悲鳴じみた叫びを上げた。

「アアアアアアアアアアアアアアアアアアアアアアアァァァァ────ッ!!」

そう。琴里と折紙の誇る必滅の砲。

その最大の一撃を全身に受けながらも、〈ビースト〉が琴里に襲いかかったのである。

無論、完全に無傷というわけではない。もとより罅割《ひびわ》れ、朽《く》ち果てていた彼女の霊装《れいそう》はさらに破壊《はかい》され、もはや原型をとどめていない。色を失った髪《かみ》も、先端が微《かす》かに焼け焦《こ》げていた。地に伏していてもおかしくはない惨状《さんじょう》である。

だがそんな中にあって、その手に備えられた五本の『爪《つめ》』だけは、未だ爛々《らんらん》とその刀身を輝かせていた。

「妹ちゃん！」

「琴里──」

「琴里さん！」

一拍遅《いっぱくおく》れて、皆《みな》が悲鳴じみた声を上げる。

だが、間に合わない。全力の一撃を放った一瞬《いっしゅん》の弛緩《しかん》。明らかに、琴里の意識に身体が追いついていなかった。

——世界を震《ふる》わす吼え声とともに、五本の『爪』が琴里に振り下ろされる。

琴里の身体は、ただ無防備にその斬撃を受け入れ——

「————————え？」

次の瞬間。士道は自分の喉《のど》から、そんな素《す》っ頓狂《とんきょう》な声が漏《も》れるのを聞いた。

しかし、それも無理からぬことではある。

何しろ、今まさに琴里を切り裂《さ》かんとしていた〈ビースト〉が、突然《とつぜん》地に向かって墜落《ついらく》していったのだから。

「一体、何が——」

「が……アッ！」

地面に叩《たた》き付けられた〈ビースト〉が、空を睨《にら》み付ける。

その視線を追うように顔を上げ——ようやく、士道は気づいた。

朝日に照らされた藍色《あいいろ》の空。

そこに、一人の少女の姿があることに。

「あれ、は……」

精霊――なのだろう。彼女の長身を覆《おお》う拘束衣のような鎧《よろい》は、琴里たちのそれと同じく、漲《みなぎ》る霊力に満たされている。

右手に握《にぎ》られるは巨大な槍《やり》。左手に巻き付くは輝く鎖《くさり》。そしてその背には、天を駆《か》ける翼《つばさ》が屹立《きつりつ》していた。

だが、士道が目を奪《うば》われたのは、それらの要素ではない。風に遊ぶ長い髪と襟巻《マフラー》の合間から見え隠《かく》れする、彼女の相貌《そうぼう》だ。

情熱と、沈着《ちんちゃく》。快活と、静謐《せいひつ》。

二つの相反する要素を内包するような双眸《そうぼう》と、顔立ち。

なぜだろうか。その精悍《せいかん》にして可憐《かれん》な面《おもて》は、士道に奇妙《きみょう》な既視感《きしかん》を覚えさせた。

「耶倶矢……いや、それとも……夕弦？」

士道は、半ば無意識のうちにその名を零《こぼ》していた。

そう。その少女の顔は、どこか耶倶矢と夕弦の面影《おもかげ》を想起させたのである。

士道の声が届いたのだろう。少女が、ふ、と口元を緩《ゆる》める。

そして、高らかに名乗りを上げるように、空に声を響《ひび》かせた。

「──推参。遠からん者は音にも聞け。近くば寄って目にも見よ。一騎当神《いっきとうしん》。快刀乱魔《かいとうらんま》。──万象薙《な》ぎ伏《ふ》す颶風《ぐふう》の王、風待八舞である」

「風待──八舞」

士道は少女が名乗った名を反芻《はんすう》するように復唱した。

そして、確信に至る。

それが、耶倶矢と夕弦が人間であった頃《ころ》の名前であることに。

「まさか、お、おまえたち……なのか？」

「微笑《びしょう》。ふ──」

士道が呆然《ぼうぜん》と呟《つぶや》くと、少女──八舞は不敵に微笑んでみせた。

「理解が早くて助かる。この身は、八舞耶倶矢と八舞夕弦によって形作られた姿。──他ならぬ君のおかげだ、我が友。君がわたしに、勇気をくれた」

「俺が……？」

士道が目を丸くしていると、八舞はそんな反応さえ面白がるように笑いながら視線を寄《よ》越《こ》してきた。

「愉楽《ゆらく》。いいさ、その話はあとにしよう。

だが士道。よもや君ほどの男が、乙女《おとめ》の晴れ姿を前に一言も述べぬなどという愚《ぐ》は犯すまいね？」

言って、八舞が悪戯《いたずら》っぽく目を細めてくる。

士道は思わずぽかんとしてしまったが、すぐに彼女の意図を察し、声を発した。

「ああ……最高に格好いいよ。ちょっと見とれてただけさ」

「ふ、はっ」

士道が言うと、八舞は堪《こら》えきれないといった様子で噴《ふ》き出した。

そして優雅《ゆうが》ささえ感じさせるような所作で以《もっ》て、地上から己を睨みつける〈ビースト〉に、槍の穂先《ほさき》を向けてみせる。

「――臨戦。さて、挨拶《あいさつ》はこれくらいにしておこう。舞踏《ぶとう》の供を買って出たというのに、あまり放っておいては、淑女《レディ》の機嫌《きげん》を損ねてしまいかねない」

八舞はそう言うと、微かに翼を揺《ゆ》らし――

次の瞬間、空からその姿を消した。

「へ……っ!?」

突然のことに、士道は目を丸くした。

が、一拍《いっぱく》おいて〈ビースト〉の方から激しい炸裂《さくれつ》音が響くのを聞いて、理解する。

八舞が、目視さえも許さない速度で、空を駆けたのだと。

「────強襲《きょうしゅう》。ひゅ────────うッ！」

その声のみを元の空域に残し、八舞は眼下の〈ビースト〉目がけて高速で降下した。

空を蹴って一瞬あと、身体《からだ》を凄《すさ》まじい衝撃《しょうげき》が襲《おそ》う。──音速の壁《かべ》。空気というのは、一定の速度を超《こ》えた瞬間、強固な障壁《しょうへき》となって物質の前に立ちはだかる。八舞の身体は瞬《まばた》きの間さえなくその速度を超え、見えざる壁を打《ぶ》ち抜いたのである。

強固な外装を誇る航空機でさえも四散しかねない衝撃の中、しかし八舞は、叫《さけ》び出したくなるほどの高揚感《こうようかん》に満《ほこ》たされていた。

──身体が軽い。手足がはち切れんばかりに力が漲る。この世の全てが止まって見える。

極速に至る八舞の世界。彼女は今紛《まぎ》れもなく、この停止した世界の支配者だった。

「…………ッ！」

が、その八舞の世界に足を踏《ふ》み入れてくる者が一人、いた。

〈ビースト〉が八舞の接近に気づき、その手に備えた『爪』を振《ふ》り抜《ぬ》いてきたのである。

必殺の威力《いりょく》を持つ斬撃が、八舞の目前で五つ同時に放たれる。通常であれば避《さ》けようのない距離《きょり》。極死の間合い。次の刹那《せつな》には、八舞の身体は複数の部品に分かたれていただろう。

「美事《みごと》――」

けれど、八舞は空中で身を翻《ひるがえ》らせると、紙一重《かみひとえ》――否、紙一枚の間さえもないような極限の距離で、それらを躱《かわ》してみせた。

頰《ほお》に、胸に、腹に、手に、足に、斬撃の端《はし》に撫《な》でられたかのような感触《かんしょく》が残る。が、八舞の身体からは、一滴《いってき》の血も流れてはいなかった。

もしも〈ビースト〉が十全に力を発揮できていたならば、結果は違《ちが》っていただろう。彼女の繰《く》り出した五条の斬撃。そのうち一つでも八舞に当たっていたならば、戦況《せんきょう》は容易《たやす》くひっくり返っていたに違いない。

けれど、八舞には確信があった。

精霊《せいれい》たちが連携《れんけい》して撃《う》ち込んだ渾身《こんしん》の一撃《いちげき》。それが〈ビースト〉の身体に、凄まじいダメージを刻んでいると。ほんの僅《わず》か、『爪』の精度を鈍《にぶ》らせていると。

そう。これは八舞だけの戦いではない。皆が、命を賭《か》けて拓《ひら》いてくれた道の上にある戦い。

彼《か》の精霊はあまりに強大。本来であれば、如何《いか》に八舞とて敵う相手ではないだろう。

けれど、皆の積み重ねたこの時この瞬間。

この一瞬のみ、風の八舞は、〈ビースト〉を凌駕《りょうが》する――！

「反撃。は――――ッ！」

八舞は〈ビースト〉への惜《お》しみない賞賛とともに、手にした槍を繰り出した。

――【穿つ者《エル・レエム》】。一角獣《いっかくじゅう》の名を冠《かん》する無敵の突撃槍《とつげきそう》。その先鋭《せんえい》的なフォルムに合わせるようにして風が渦《うず》を巻き、竜巻《たつまき》が生じる。

「ア、アァッ！」

が、〈ビースト〉は骨を軋《きし》ませながら、振り抜いた腕《うで》を無理矢理逆方向に転じさせると、『爪』の背で、その一撃を弾《はじ》いてみせた。槍の穂先に纏《まと》わせた風が指向性を失い、辺りに撒《ま》き散らされる。

「く……ア……!?」

しかし、八舞の反撃はそれだけではなかった。〈ビースト〉が顔を苦悶《くもん》に染める。

――【縛める者《エル・ナハシュ》】。蛇《へび》の名を冠する鎖が、彼女の足に巻き付いていたのである。

「ふ……ッ！」

八舞は左手に力を込めると、鎖を操り、〈ビースト〉の身体を地面に叩き付けた。

「ぐ……！」

〈ビースト〉はすぐさま立ち上がると、鎖を断ち切らんと『爪』を突《つ》き立てようとする。が、その寸前に八舞は左手を引くと、【縛める者《エル・ナハシュ》】を回収した。

――八舞姉妹風に考えるのならば、耶倶矢の突撃《とつげき》が躱され、それを見越《みこ》していた夕弦が攻撃《こうげき》を成功させ、耶倶矢が悔《くや》しがる――といったところだろうか。

「――――」

戦いの中にあってそんな呑気《のんき》な想像を巡《めぐ》らせる自分に、八舞は思わず笑ってしまった。

今ならば、わかる。耶倶矢は悔しがる素振《そぶ》りを見せながらも、夕弦の功績を讃《たた》えていたし、夕弦は、耶倶矢が囮《おとり》の役を買って出たことを理解していた、と。

何しろ今この身は、耶倶矢と夕弦の融合体《ゆうごうたい》。それに宿る意識もまた、二人の意思が混じり合った状態だったのだから。

そう。厳密に言うならばこの姿と意識は、人間であった頃の風待八舞と完全に同一のものというわけではない。

耶倶矢と、夕弦。二人の姉妹が互《たが》いに歩んだ成長の履歴《りれき》。その二つが形作った、新たな八舞の姿だったのである。

そして、〈颶風騎士《ラファエル》〉の力によって融合を果たした今だからこそ、わかったこともある。

それは、遠い記憶《きおく》。風待八舞が死に瀕《ひん》していたとき、霊結晶《セフィラ》を与《あた》えられたことによって芽生えた、名もなき妹の意思である。

ああ、そうだ。霊結晶《セフィラ》の力によって目覚めた彼女は、愛しい姉の死をどうにか回避《かいひ》するため、自らの心と、八舞の心を、身体の中で同化させたのだ。

死に瀕した風待八舞と、生まれることの叶《かな》わなかったその妹。

生と死の狭間《はざま》を彷徨《さまよ》う二つの曖昧《あいまい》な因子は、その存在を一つにすることにより、どうにか死を免《まぬか》れたのだ。

そして時が経《た》ち、二人の心は、再び二つに分化した。

――けれど、そうして生まれた二人の精霊は、元の二人とは、少し異なっていたのである。

何のことはない。

風待八舞と、名もなき妹。

耶倶矢と夕弦は、双方《そうほう》ともに、その二人の因子を受け継《つ》いだ分化体だったのだ。

「……苦笑。なんともまあ、我ながら、くだらぬことに気を揉《も》んだものだ」

八舞はふっと頬を緩めると、【穿つ者《エル・レエム》】と【縛める者《エル・ナハシュ》】を構えた。

「この身には、名もなき妹の愛が満ちていただけだというのに！」

そして再び、〈ビースト〉目がけて、【穿つ者《エル・レエム》】を繰り出す。

が、今度の一撃は、【穿つ者《エル・レエム》】であって【穿つ者《エル・レエム》】ではなかった。

八舞はその名を叫ぶと、大きく身体を反らし、渾身の力を込めてそれを放った。

「【貫く者《エル・ツオフエル》】……ッ！」

──槍《やり》の柄《え》の先端《せんたん》に鎖《くさり》を融合させた、巨大《きょだい》な投擲槍《とうてきやり》を。

「……ッ、ぐ、ア──！」

先ほどと同じく『爪《つめ》』で槍を打ち払《はら》おうとした〈ビースト〉が、寸前で身を反らす。

彼女も気づいたのだろう。この一撃が、先ほどのそれとは別種のものであると。

しかし、【貫く者《エル・ツオフエル》】の脅威《きょうい》は、槍の威力にのみあるわけではない。その身に纏わり付いた先ほどよりも強力な風が、〈ビースト〉の身体を軽々と吹《ふ》き飛ばした。

「が──ッ」

「決着。これで──終わりだ！」

八舞は、高らかに宣言すると、【貫く者《エル・ツオフエル》】を引き寄せ、空中に舞《ま》った〈ビースト〉に狙《ねら》いを定めた。

が、そのときである。

「ァ────」

〈ビースト〉が、今までになく静かに吼《ほ》えたかと思うと、右手の指を閉じ、手の周りに備えた五本の『爪』を、一つに纏めていったのは。

「怪訝《けげん》。何……？」

予想外の行動に、八舞は微《かす》かに眉根《まゆね》を寄せた。

とはいえ、やることは変わらない。相手が何をしようと、耶倶矢と夕弦の力が一体となった【貫く者《エル・ツォフェル》】に、砕《くだ》けないものなどないのだから――

「――な」

しかし。

【貫く者《エル・ツォフェル》】を放とうとした八舞は、一瞬《いっしゅん》目を見開き、身体を強《こわ》ばらせてしまった。

理由は単純。一つに纏められた〈ビースト〉の『爪』が、淡《あわ》い光とともにその形を変容させていったからだ。

――幅広の刀身を持つ、一振りの大剣に。

「アアアアアアアアアアアアア――――ッ！」

悲鳴じみた咆吼《ほうこう》とともに。

〈ビースト〉は、その剣を振り抜いた。

「な……ッ⁉」

暴風渦巻《うずま》き、霊力《れいりょく》が乱れ散る戦場。

その直中《ただなか》で精霊たちの戦いを見守っていた士道は、思わず声を上げた。

理由は幾《いく》つもある。たかだか数分の間に、戦場の様相は目まぐるしく様変わりしていた。

皆《みな》が霊力を取り戻《もど》し。皆の協力のもと、琴里と折紙が〈ビースト〉に極大の一撃を見舞《みま》い。融合した八舞姉妹が〈ビースト〉と大立ち回りを演じた。

けれど今、士道の目を捉《とら》えて放さなかったのは、たった一つの事象だった。

──〈ビースト〉の振《ふ》るった、剣《けん》である。

「あ、れは……」

士道は、呆然《ぼうぜん》と喉《のど》から声を零《こぼ》した。

とはいえ、精霊たちの反応も、士道とそう大差なかった。皆目を見開き、或《あるい》いは眉根を寄せながら、〈ビースト〉の剣を凝視《ぎょうし》している。

だが、それも当然だ。

彼女が手にしたその剣は──

「……〈鏖殺公《サンダルフォン》〉……⁉」

──かつて十香が手にしていた、剣の天使そのものだったのだから。

「どういう……ことだ……？」

士道は〈ビースト〉に視線を注ぎながら、震《ふる》える声を発した。

確かに〈ビースト〉は、皆の天使の力を備えた一〇の剣を持ってはいた。普通《ふつう》に考えれば、〈鏖殺公《サンダルフォン》〉の力を有したものを持っていてもおかしくはない。

しかし、それならば〈鏖殺公《サンダルフォン》〉もまた、彼女が帯びていた一〇の剣のうちの一振りに姿を変えているのが道理ではないだろうか。

一体なぜ、彼女の『爪』が〈鏖殺公《サンダルフォン》〉に。

まさか、彼女は——

「八舞！」

「……！」

士道の思考は、琴里の叫《さけ》びによって中断された。

そう。士道と同様、〈鏖殺公《サンダルフォン》〉に目を奪《うば》われた八舞は、その一撃をまともに受けてしまっていたのである。

〈ビースト〉の放った〈鏖殺公《サンダルフォン》〉の斬撃は、大地に深々とクレバスを刻んでいた。辺りにはもうもうと土煙《つちけむり》が上がっており、八舞の姿は確認できない。

「むん……！　八舞！」

「そんな、まさか……」

精霊たちの狼狽《ろうばい》が戦場に響《ひび》く。八舞の活躍《かつやく》を目にしたばかりの彼女らが戦慄《せんりつ》するくらいには、〈ビースト〉の一撃は強大に過ぎた。

──が。

「……謝罪。無礼をした。戦いの最中《さなか》、目を取られるとは」

瞬間《しゅんかん》、凄《すさ》まじい風が渦巻き、辺りに舞った土煙を一瞬にして晴らす。

そしてその中心に──巨大な盾《たて》を構えた騎士《きし》が、立っていた。

「披露《ひろう》。──【護る者《エル・ペゲッ》】。これがなければ、どうなっていたか」

言って八舞が、盾を下げてみせる。どうやらそれは、彼女が背に負っていた翼《つばさ》を畳《たた》み、鎖を巻き付けたものらしかった。【貫く者《エル・ツォフェル》】と同じく、彼女の天使が持つバリエーションの一つのようだ。

「八舞！　大丈夫《だいじょうぶ》か⁉」

「無論。間一髪《かんいっぱつ》だったがね」

八舞はそう言って細く息を吐《は》くと、空に座す〈ビースト〉に鋭《するど》い視線を向けた。

「高揚《こうよう》。貴公の力、聢《しか》と見させていただいた。その剣のことも、今は問うまい。──先の無礼は、我が奥義の開帳によって雪《そそ》ぎたい」

そしてそう言うと、大仰《おおぎょう》に両腕《りょううで》を開いてみせる。

すると、彼女の手から離《はな》れた槍と盾、そして彼女が身に纏《まと》った鎧《よろい》の一部までもが宙に舞い、新たな形を作っていった。

——見る者を圧倒《あっとう》する、巨大な弩弓《バリスタ》の形を。

「きゃ……っ！」

「ぬわーっ！　な、なんじゃこらー！」

八舞の手の動作に合わせて、その弩弓《バリスタ》が引き絞《しぼ》られると同時、辺りに凄まじい暴風が巻き起こった。

それはまさに、雲を払い、瓦礫《がれき》を巻き上げ、大地を削《けず》る飛竜《ひりゅう》の羽ばたき。立っていることさえ困難になるほどの激しい烈風《れっぷう》が、死の野を荒《あ》らし回った。

そして、それはやがて、矢となった突撃槍《とつげきそう》に収束していき——

「解放。〈颶風騎士《ラファエル》〉——【蒼穹を喰らう者《エル・イエヴルン》】」

八舞の声とともに、〈ビースト〉に向けて、放たれた。

第九章　誘宵美九《いざよいみく》

あなたは、天国を信じますか？

ああ、いえいえ、宗教の勧誘《かんゆう》とかじゃないですってばぁ。

あるんですよ、天国は。それもわりと近い場所に。具体的には東京都天宮市《てんぐうし》東天宮に。

——そう、我らがだーりんのお宅ですぅ！

そこは毎夜のように可愛《かわい》い女の子たちが集まる秘密の園《その》……それにだーりんの美味《おい》しい晩ご飯まで付くんですから、もう言うことありません！　日々のハードスケジュールで疲《つか》れた身体《からだ》も、ここに来れば瞬時《しゅんじ》にリフレッシュ！　私の元気の秘訣《ひけつ》ですよー！

——でも、皆《みな》さんと出会ってからおよそ一年半。

最近、よく感じることがあります。

他でもありません。皆さんの、成長です。

文句を言いながらも中学校に通うことを決めた七罪《なつみ》さん。髪《かみ》をばっさり切った六喰《むくろ》さん。

折紙《おりがみ》さんや琴里《ことり》さんは今まで通り精進を怠《おこた》りませんし、耶倶矢《かぐや》さんと夕弦《ゆづる》さんは、毎日のように新しいことに挑戦《ちょうせん》しています。狂三《くるみ》さんも最近何かを熱心に勉強しているみたいですし、二亜《にあ》さんも、最近ビールよりストロング系チューハイをよく飲むように……じゃなくて、昔のことを乗り越《こ》え、アシスタントを雇《やと》おうとしているそうです。まずは在宅のデジタルアシスタントから、というお話でしたけど。

そして——十香《とおか》さんが消えてしまうときに見せられた、四糸乃《よしの》さんの成長。

十香さんのことを乗り越えようとしている、だーりんの強さ。

おかしいですね。私はアイドルなのに。

キラキラとピカピカの中の住人なのに。

たまに、皆さんが眩《まぶ》しすぎて、目が眩《くら》みそうになるんです。

◇

——風が、戦場を駆《か》け抜《ぬ》けた。

そうとしか形容のしようがない。八舞《やまい》が巨大《きょだい》な弩弓《バリスタ》を〈ビースト〉に向かって放った瞬《しゅん》間《かん》、濃密《のうみつ》な空気の塊《かたまり》が、大地に真っ直ぐ線を引いたのである。

そして一瞬ののち。その跡《あと》には、何も残されてはいなかった。

堆《うずたか》く積まれた建物の残骸《ざんがい》も。

その下にあったはずの道路の痕跡《こんせき》も。

そして無論──矢の射線上にいた精霊《せいれい》〈ビースト〉の姿も。

「あら、あら……」

「ひゃー……すっご」

「綺麗《きれい》さっぱりですねー……」

一拍《いっぱく》おいて、その圧倒《あっとう》的な威力《いりょく》にポカンとしていた精霊たちが声を発し始める。士道《しどう》もまた、ハッと肩《かた》を震《ふる》わせた。

「ちょ、ちょっとやり過ぎなんじゃ……」

士道たちの目的はあくまで、〈ビースト〉と対話し、デレさせることである。確かにまともに会話ができないため無力化しようという方針ではあったが──これでは、肝心《かんじん》の〈ビースト〉が無事かどうかすらわからなかった。

「信頼《しんらい》。ふ──」

が、八舞は余裕《よゆう》に満ちた笑みを浮《う》かべると、構えていた両手を解いてみせる。するとその動作に応ずるように、巨大な弩弓《バリスタ》が空中で分解し、再度翼《つばさ》や鎧《よろい》として、彼女の身体に纏《まと》わり付いていった。

「今の一撃《いちげき》で倒《たお》れる程度の精霊ならば、琴里と折紙の砲撃《ほうげき》を受けたときに、もう消えているだろうさ」

「え？」

士道が目を丸くしながら問い返すと、まるでそれに合わせるかのようなタイミングで、まっさらになった地面が隆起《りゅうき》するように爆発《ばくはつ》した。

「……！」

「……ッ、あ――」

そして地面の下から、剣《けん》を杖《つえ》にするようにして、少女の影《かげ》が姿を現す。――間違《まちが》いない。

〈ビースト〉だ。

けれど、もとより琴里と折紙の攻撃《こうげき》によって激しい損傷を受けていた霊装《れいそう》はもはや鎧の体《てい》を成しておらず、生白い肌《はだ》には幾《いく》つも傷が刻まれていた。荒《あら》い呼吸。震える手足。見るからに、立っているのがやっとという風情である。

否《いな》――もっと正確に言うならば、それさえも、今の彼女にとっては些《さ》末《まつ》な変化に過ぎなかった。

「……え？」

士道は微《かす》かに眉根《まゆね》を寄せた。

そこに立っているのは〈ビースト〉だ。それは間違いない。

けれど今の彼女は、先ほどまでの荒ぶる精霊とは、どこか雰囲気《ふんいき》が異なって見えたのである。

「……私、は……、……まさ、か……」

〈ビースト〉が愕然《がくぜん》とした様子で辺りを見回し、肩を揺《ゆ》らしながら自分の手のひらに視線を落とす。

その様に、そしてその言葉に、士道は強烈《きょうれつ》な既視感《きしかん》を覚え、足を一歩前に踏《ふ》み出した。

「あ……」

「……っ！」

すると、〈ビースト〉はそれに気づいたかのように顔を上げると、一瞬士道の方を見て、愕然と目を見開いた。

「――う、あ、ぁあぁぁぁ――――」

まるで士道の呼びかけを拒絶《きょぜつ》するかのように、〈ビースト〉が遠く声を響《ひび》かせる。

そして、剣の重さに弄《もてあそ》ばれるように蹌踉《よろ》めきながらも、その切っ先を天に向けるように切り上げた。

「――！　みんな、気を付けて！」

「く……っ！」

その動作に、精霊たちににわかに緊張《きんちょう》が走る。皆一様に天使を展開させ、斬撃に備えて防御姿勢《ぼうぎょ》を取った。

が、予想されたような攻撃は、いつまで経《た》っても襲《おそ》ってはこなかった。

その代わり――

「……⁉ なんだ、あれは……」

士道はそこに広がった光景に、思わず目を見開いた。

それはそうだ。何しろ、〈ビースト〉が剣を振《ふ》った軌跡《きせき》を描《えが》くようにして、空中に三日月形の傷が生じていたのだから。

傷――奇妙《きみょう》な表現ではあるが、そうとしか言いようがなかった。まるで、空間が切り裂《さ》かれ、怪我《けが》をしてしまったかのような光景。

とはいえ無論、生物ならぬ空間に、血肉など存在するはずもない。その断面から覗《のぞ》くのは、ただただ暗い色のみであった。

「あ――」

しかし、士道は一拍おいて思い至った。――その光景に、見覚えがあることに。

そう。昨日の夕暮れ時。〈ビースト〉が出現した際も、似たような傷跡《きずあと》が、空間に生じていたのである。正確に言うのなら、あのときは『爪《つめ》』によって切り裂かれたような五本の傷ではあったけれど。

「！　待ってくれ！　君は——」

それを認識すると同時、士道は縋《すが》るように手を伸《の》ばし、叫《さけ》びを上げていた。

「……っ、——」

〈ビースト〉は、そんな士道の声に小さく息を詰《つ》まらせるような様子を見せたものの、そのまま、空間の傷に身をねじ込んでいった。

「な……！　まさか、逃《に》げるつもり!?」

「させない——」

「〈封解主《ミカエル》〉！」

一拍遅《おく》れて〈ビースト〉の意図を察した精霊たちが、一斉《いっせい》に空を蹴《け》り、或《ある》いは天使を発動させる。

が——遅《おそ》い。精霊たちの手が届く頃《ころ》には、〈ビースト〉はもうその身体を空間の裂け目に滑《すべ》り込ませていた。

それと同時に、音もなく傷が閉じていく。『孔《あな》』から生えた六喰の腕《うで》や、〈絶滅天使《メタトロン》〉の光線が、虚《むな》しく空を切った。

「…………」

「…………」

「…………」

――今の今まで戦場であった空間に、不自然な静寂《せいじゃく》が満ちる。

〈ビースト〉はどこへ行ったのか。果たして本当に逃げたのか。それともどこかに身を潜《ひそ》ませ、反撃《はんげき》の機会を窺《うかが》っているのか――

様々な可能性が渦《うず》を巻き、精霊たちを緊張させた。皆が油断なく、辺りの様子を窺う。

その緊迫《きんぱく》感が解消されたのは、それから数十秒後。皆のヘッドセットやインカムに、マリアの声が届いたときだった。

『――霊波反応、完全に消失しました。どうやら、本当に逃げたようです』

その報告と同時、数名の精霊は安堵《あんど》の息を吐《は》き、数名の精霊は、悔恨《かいこん》を噛《か》みしめるように渋面《じゅうめん》を作った。

「やー……さすがに今回は死ぬかと思ったねぇ。まあでも結果オーライ。みんな無事でよかったよかった」

安堵組の代表格である二亜が、ふはー、と大きなため息を吐《つ》きながら、ぽすんと地面にへたり込む。

が、その後方に立っていた琴里は、難しげな顔で腕組《うでぐ》みしていた。

「……でも、私たちの目的はあくまで、〈ビースト〉の攻略《こうりゃく》だったはずよ。万事上手くいった、とは言い難《がた》いわね」

「相変わらず真面目だにゃあ、妹ちゃんは。あんまりしかめっ面《つら》ばかりしてるとシワ増えるよ？」

「あ、あなたねぇ……」

琴里が眉根を寄せると、二亜はヒラヒラと手を振った。

「――あの危機的状況《じょうきょう》を経て、全員生き残ってる。みんなの頑張《がんば》りが、みんなの命を繋《つな》いだ。これ以上の結果は欲張《よくば》りすぎってなもんだよ。それとも、一人二人死んででもビーちゃんを攻略したかった？」

「そ、そうは言ってないけど……」

二亜の言葉に、琴里が口ごもる。

が、そこで、二亜の言《げん》に反論するように、マリアの冷たい声が響いてきた。

『騙《だま》されてはいけません、琴里。みんなの頑張り、と言いましたが、二亜は霊力《れいりょく》を取り戻《もど》したあと、特に〈ビースト〉戦には貢献《こうけん》していませんでした』

「ぎくっ」

二亜が、わかりやすく擬音《ぎおん》を声に出しながら肩を震わせる。皆《みな》の半眼が二亜に突《つ》き刺《さ》った。

「だ、だって知ってるでしょ!? あたしの〈囁告篇帙《ラジエル》〉は戦闘《せんとう》向かないんだってばぁ！　未来記載《きさい》は時間かかるし、そもそも霊力持ちには効果薄《うす》いし、頼《たの》みの綱《つな》の量産型マリアはなんか出演NG出るしさぁ！」

『無理に決まっているでしょう。わたしの演算機能は、〈世界樹の枝《ユグド・ラームス》〉の効果を少しでも維持《いじ》するためにフル稼働《かどう》していたのですから。そちらに割《さ》く余力などありませんでした。というか、他力本願もいい加減にしてください』

「う、ぬぐぅ……で、でもそれ言うなら、あたしだけじゃなく、くるみんも何もしてなかったじゃん！」

二亜がビッと狂三を指さす。が、狂三はさして慌《あわ》てた様子もなく「あら、あら」と頬《ほお》に指を当てた。

「申し訳ありません。わたくしの〈刻々帝《ザフキエル》〉は霊力の他に、わたくしの『時間』も奪《うば》っていくものですから。あまり積極的に参戦できなかったことは認めますわ。──もし、皆さんやシェルターに避難《ひなん》した方々の『時間』を吸い取ってもいいと仰《おつしや》るのであれば、思うさま暴れてみせたのですけれど」

そう言って、狂三がニィ、と微笑《ほほえ》む。その妖《あや》しい笑顔は、かつて最悪の精霊と謳《うた》われた彼女の姿を思い起こさせた。

「あー……」

「……まぁ、狂三の場合はそうよね……」

精霊《せいれい》たちも狂三の言に納得を示すように頰に汗《あせ》を垂らす。

狂三は小さくうなずきながら、「でも」と続けた。

「何もしていなかった、というのは心外ですわね。確かに皆さんの活躍《かつやく》に比べれば目立たなかったかもしれませんけれど、〈時喰《ときは》みの城〉で〈ビースト〉さんの足止めくらいはしていましたわよ？　それに――」

「……それに？」

士道が首を傾《かし》げると、狂三はしばしの間無言になったのち、うふふ、と意味深に微笑んでみせた。

「――今はまだ、内緒《ないしょ》ですわ」

「えぇー！　何その感じ！　ずっるー！　意味深に濁《にご》しておけばなんとかなると思うなよー！」

二亜が手をブンブンと振りながら叫びを上げる。

だが他の精霊たちは、

「まあ、でも狂三だし……」

「何か事情があるのかもしれない……わよね」

と、頰に汗を垂らしながらあごに手を当てて唸《うな》っていた。

「な、何さくるみんばっかり！　それを言うならあたしだって、何もしてなかったわけじゃないぞー！」

「え、じゃあ何してたの？」

七罪が問うと、二亜は待ってましたと言わんばかりにフッと不敵に微笑んだ。

「──今はまだ、内緒さ」

すると、精霊たちがやれやれと半眼を作った。

「……まーたそんなこと言って」

「素直に謝るのも大事よ、二亜」

「明らかにくるみんのときと反応が違《ちが》ーう！」

二亜はバッと立ち上がると、縋るように士道に泣きついてきた。

「わーん！　しょうねーん！　みんながいぢめるー！」

「はは……よしよし」

士道は苦笑しながらその頭を撫《な》でてやった。すると周囲の精霊から二亜に、様々な感情が込もった視線が突き刺さった。二亜が居心地悪そうに両手を上げ、身体《からだ》を離《はな》す。

「オーケー落ち着こうブラザー。今のはあたしが軽率だった。特にオリリン。ガチめの殺気放つのやめて？」

「別に殺気など放っていない」

「ほ、ほんとぉ……？」

「殺意を気取《けど》られるのは未熟の証。プロはただ、死という結果のみを残す」

「なんか物騒《ぶっそう》なこと言ってるー!?」

二亜が涙目《なみだめ》になりながら悲鳴じみた声を上げる。その様子に、精霊たちがあははと笑った。

別に二亜もそこまで狙《ねら》っていたわけではないだろうが、場に残っていた緊張《きんちょう》感が一気に解《ほぐ》れる。士道はほうと息を吐いた。

精霊たちも戦闘の終結を実感したのか、各々空から、地から、士道のもとに集まってくる。そしてそれぞれの懐《なつ》かしい霊装《れいそう》姿に笑い合いながら、互《たが》いの活躍を称《たた》え合った。

中でも、熱烈《ねつれつ》だったのは美九である。

「きゃー！　皆さん素敵でしたぁー！　ほんっっっっっと格好良かったですぅー！　久方《ひさかた》振《ぶ》りの霊装も最高ですねー！　今のうちに写真撮《と》りましょ写真！　誰《だれ》かカメラかスマホ持

ってませんかぁ!?」

などと、目をキラッキラと輝《かがや》かせながら、皆を呑《の》み込まんが如《ごと》く両手を大きく広げる。

相変わらずのその様子に、皆がやれやれと苦笑した。

「にしても――八舞、でいいのよね。正直、助かったわ。あなたがいなかったら、もっと悪い状況になっていたかもしれない」

琴里がそう言いながら八舞に視線を送る。すると八舞は、口元を綻《ほころ》ばせながら肩《かた》をすくめてみせた。

「否定。わたしは仕上げをしたに過ぎない。布石は既《すで》に、君たちが打ってくれていた。誇《ほこ》れよ少女たち。これは君たちの勝利だ」

言って、パチリとウィンクをしてみせる。この上なく気障《きざ》ったらしい仕草なのだが、不思議とあまり嫌味《いやみ》がなかった。

「えっと、八舞さんは、耶倶矢さんと夕弦さんが人間だった頃のお姿……なんですよね?」

『ねー。まさかのヤマイダー?』

四糸乃と、〈氷結傀儡《ザドキエル》〉に宿った『よしのん』が首を傾げながら問う。八舞は小さく頭《かぶり》を振《ふ》った。

「説明。わたしは確かに風待《かざまち》八舞だが、厳密に言えば人間・風待八舞と同一の存在ではない。この身はあくまで、それぞれに成長を遂《と》げた八舞耶倶矢と八舞夕弦が融合《ゆうごう》した姿だ。少なくとも、生前のわたしはここまで背が高くなかったし——こんなに立派なものもついていなかったよ」

冗談《じょうだん》めかすようにして、八舞が自らのたわわな乳房《ちぶさ》を寄せてみせる。そのサイズは、もとより豊満な夕弦のそれをも凌駕《りょうが》していた。美九が「むほー！」と漫画《まんが》のような声を上げる。

「や、やや八舞さん！　ちょ、ちょっとハグしてもらってもよろしいでしょうか……？」

「特別。仕方のない小猫《こねこ》ちゃんだ。おいで」

「んひぃいぃい！　お姉様ぁぁぁぁっ！」

美九が顔面から様々な液体を垂らしながら、八舞の胸に飛び込んでいく。

が、次の瞬間《しゅんかん》。八舞の身体が淡《あわ》く発光したかと思うと、そのシルエットが二つに分かれた。

「おわっ⁉　びっくりした！」

「驚愕《きょうがく》。これは……」

八舞——二人に分かれた耶倶矢と夕弦が、驚《おどろ》いたように目を丸くする。必然、八舞の胸に飛び込もうとしていた美九は、二人の間の空間にダイブし、派手に地面に突っ伏《ぶ》すこととなった。

「むきゃー!?　予想外の感触《かんしょく》!?　お姉様はいずこ!?」

「あー、ごめんごめん。なんかタイムリミットっぽい……」

「謝罪。もともと無理矢理な融合でしたので。ここまで保《も》ったのが奇跡《きせき》かと」

「そ、そんなぁ……かくなる上は、耶倶矢さん、夕弦さん！　ちょっと両側からハグしてください！」

美九がガバッと起き上がり、再度両手を広げる。

「わっ、ちょ、落ち着けし！」

「戦慄《せんりつ》。めげない人です」

耶倶矢と夕弦が迫《せま》ってくる美九を押しとどめる。相変わらずな美九の調子に、士道は思わず苦笑した。

「……よかったんだよな、これで」

こんな呑気《のんき》な光景も、皆が無事であったからこそだ。士道は心の奥に未《いま》だ蟠《わだかま》る悔恨《かいこん》を抑《おさ》え込むように胸元を押さえた。

確かに、二亜の言うことも一理あるのだ。〈ビースト〉を攻略《こうりゃく》できなかったのは残念だが、あの危機的状況の中で全員が生き残れたのは素直に喜ぶべきことだろう。

「…………」

だが、士道にはどうしても気になることがあった。八舞の攻撃《こうげき》を受けたあとの〈ビースト〉の様子だ。

声の調子。目に灯《とも》る光。明らかに、それまでの彼女とは雰囲気《ふんいき》が異なっていた。そう、まるであれは――

そこまで考えたところで、士道はとあることに思い至った。インカムを軽く押さえながら、マリアに声をかける。

「なあ、マリア。〈ビースト〉は一体、どこに消えたんだ？　隣界《りんかい》は……もう、存在しないんだろう？」

士道の言葉に、きゃいきゃいと騒《さわ》いでいた精霊たちがぴくりと眉《まゆ》を揺《ゆ》らした。

隣界。それは、精霊が存在すると言われていた空間。こちらの世界と薄皮《うすかわ》一枚隔《へだ》てた先にある世界。空間震《くうかんしん》とはもともと、この隣界から精霊がこちらにやってくる際の余波のことだったのである。

だが、その隣界もまた、始原の精霊・澪《みお》の死とともに消滅《しょうめつ》してしまっているはずだった。

ならば一体、〈ビースト〉はどこへ消えたというのだろうか。

『……、少なくとも先ほどの反応は、〈封解主《ミカエル》〉が空間に「孔《あな》」を開ける際のものや、一《いっ》般《ぱん》的な消失《ロスト》とは明らかに異なっていました』

「つまり……？」

マリアは数秒の間押し黙《だま》ったのち、少し悔《くや》しそうに言葉を続けてきた。

『……現状の情報のみでは、不明、としか』

「……っ」

士道は小さく息を詰《つ》まらせると、拳《こぶし》を握《にぎ》り込んだ。

その答えが予想できていなかったわけではない。〈ビースト〉は何もかもがイレギュラーな精霊だ。けれど、改めてそれを言葉にされると、心臓を握りしめられるかのような苦痛が襲《おそ》ってくるのだった。

〈ビースト〉が、ただ傷を癒《い》やすために退却《たいきゃく》したのならばまだいい。それならば、まだ彼女を救うことができる可能性があるからだ。

だが、彼女が消える前に見せた表情。それを思い返すと――もう二度と彼女が自分の前に姿を現さないのではないかという懸念《けねん》が、士道を襲うのだった。

「……士道」

士道の失意を察したのだろう。琴里が優しく肩に手を置いてくる。

「あまり自分を責めないでちょうだい。あなたはよくやってくれたわ」

「でも、俺は……」

救うことが、できなかった。

あの謎《なぞ》の精霊《せいれい》を。

絶望に満ちた貌《かお》をした子を。

い、あの剣を持っていた、少女を──

「…………ッ⁉」

と。

そんな諦念《ていねん》が士道の脳裏を掠《かす》めた、その瞬間であった。

──士道の足元目がけて、天から流星が降ってきたのは。

「な──」

目映《まばゆ》い光が辺りを包み込み、士道の目を眩《くら》ませる。

気づいたとき、そこには──一振《ひとふ》りの剣《けん》が突《つ》き立っていた。

「これは……」

「ほう?」

「〈ビースト〉さんの……剣?」

皆《みな》の狼狽《ろうばい》や、興味深げな声が、辺りに渦巻《うずま》く。

そう。切り裂《さ》くことのみを追求したかのような、片刃《かたは》の大剣。

それは紛《まぎ》れもなく、〈ビースト〉が背に負っていた剣、最後の一振り。──彼女の、一〇番目の剣だったのである。

「な、なんで、この剣が……」

士道は呆然《ぼうぜん》と呟《つぶや》きながらも、先ほど目にした光景を思い起こしていた。

確かに七罪の活躍《かつやく》によって、〈ビースト〉から一〇の剣が引き剝《は》がされ、代わりに皆が精霊の力を取り戻《もど》した。

けれど、八舞を一人と数えたとき、今ここにいる精霊の数は九名。彼女らのもとに突き立った剣もまた、九本。

戦闘《せんとう》中はそこに思い至る余裕《よゆう》がなかったが──最後の一振りが、どこかに消えたままだったのである。

そして、士道は漠然《ばくぜん》と、一〇番目の剣は、天使〈鏖殺公《サンダルフォン》〉が姿を変えたものなのだと思っていた。何しろ一番目から九番目までの剣が、皆の天使に対応していたのだ。そう考えるのが自然だろう。

だが、〈ビースト〉が振るっていた『爪《つめ》』が〈鏖殺公《サンダルフォン》〉に姿を変えたとき、その仮定は瓦解《がかい》した。

代わりに、疑問が生じる。

──この剣は一体何ものなのか。

そして、一体なぜ、今士道の前に突き立ったのか。

根拠《こんきょ》はない。だが、それには何かの意味があるような気がしてならなかった。

「────」

士道は、衝動《しょうどう》に突き動かされるように、その剣の柄《つか》に手を伸《の》ばした。

「！　士道、気を付けて」

「……ああ」

琴里の注意にうなずきながら、意を決し──その柄を、握りしめる。

すると、まるでそれを待ち構えていたかのように、剣がどくんと脈動し、その姿を変容させていった。

──妖《あや》しい輝《かがや》きを放つ、漆黒《しっこく》の剣に。

その姿を見て、士道は思わず息を詰まらせた。

だが、それも当然だ。何しろそれは──

「〈暴虐公《ナヘマー》〉……!?」

もう一人の十香──天香《てんか》の持つ剣。

〈鏖殺公《サンダルフォン》〉と対《つい》を成す『魔王《まおう》』、〈暴虐公《ナヘマー》〉だったのだから。

「……っ！」

そして、それを手にした瞬間。士道は奇妙《きみょう》な感覚を覚えた。

〈暴虐公《ナヘマー》〉から、じわりと何かが染み渡《わた》ってくるかのような違和《いわ》感。『何か』が、頭の中に語りかけてくるかのような感覚。まるで剣そのものが意思を持ち、士道に訴《うった》えかけてくるかのような——

「……できる。この〈暴虐公《ナヘマー》〉でなら……あの子を追うことが……？」

士道は、半ば無意識のうちに、口からそんな言葉を漏《も》らしていた。

「——士道さん？」

「今、なんと言ったのじゃ？」

精霊たちが、目を丸くしながら問うてくる。

士道は〈暴虐公《ナヘマー》〉の柄を握る力を強めながら、続けた。

「——〈鏖殺公《サンダルフォン》〉は本来、見えざるものを切り裂く剣……あらゆる条理、概念《がいねん》、そして世界を隔てる壁《かべ》をも。その対たる〈暴虐公《ナヘマー》〉もまた然《しか》り……」

だが心優しい十香は、その危険に過ぎる権能を無意識のうちに抑え込んでいた……ちなみにおまえは未熟で使いこなせていなかっただけだ、人間……って、何言わせるんだよ!?」

士道は思わず声を裏返らせ、頭の中に響《ひび》く声に突っ込《こ》みを入れた。

が、端《はた》から見たら、士道が妙《みょう》な行動を取っているとしか見えなかったようだ。精霊たちがビクッと肩《かた》を震《ふる》わせたのち、心配そうな視線を送ってくる。

「し、士道？」

「……大丈夫《だいじょうぶ》？」

「あ、ああ……」

士道は気を取り直すように軽く頭《かぶり》を振《ふ》ると、改めて手に力を入れ――地に突き立った〈暴虐公《ナヘマー》〉を引き抜《ぬ》いた。

「――――」

――瞬間《しゅんかん》、凄《すさ》まじい威圧《いあつ》感が全身を襲う。魔王。本来人間の手に握られることなどあり得ない怪異《かいい》。思えば、幾度《いくど》も借り物の天使を振るってきた士道ではあるが、魔王を手に取るのはこれが初めての経験であった。

生命の否定。死の実感。マイナスに傾《かたむ》いた力の波動が、士道を圧《お》し潰《つぶ》さんとしてくる。恐《おそ》らく士道も、その重圧に膝《ひざ》を屈《くっ》してしまっていたに違《ちが》いない。――頭の中に響く、謎の声の助力がなければ。

「………、よし。これなら……いける。俺一人……くらいなら――」

手に剣を馴染《なじ》ませるようにしながら、士道は辿々《たどたど》しく呟いた。

その言葉を聞いてか、精霊たちが驚《おどろ》いたように息を詰まらせる。

「ちょっと待ちなさい、士道。一体何をする気？」

「まさか、〈ビースト〉を追うつもり？」

精霊たちの悲鳴じみた声に、士道は数瞬《すうしゅん》の間を置き——

「………………ああ」

短く、そう答えた。

その回答に、琴里が眉根《まゆね》を寄せる。

「……、駄目《だめ》よ。認められないわ。彼女の行き先はどこかわからない……仮に彼女の元に辿《たど》り着けたとして、ここに戻ってこられる保証はどこにもないのよ⁉」

『…………っ』

琴里の言《げん》に、他の精霊たちも顔を強《こわ》ばらせる。その表情には、複雑な思いが渦巻いているように見えた。

聞かずとも、わかる。別に皆も、〈ビースト〉を助けたくないわけでもなければ、もうこちらの世界に害を及《およ》ぼさないのならば放置していてもいい、などと思っているわけでもないのだ。むしろ、手を差し伸べられるのならば差し伸べたいと思っているだろう。

だが、士道を永遠に失うかもしれない。その可能性が、彼女らの心に暗い影《かげ》を落として
いたのである。

「……みんな」

士道は己を過小評価しない。自分が皆を大切に思うのと同じくらい、皆が自分のことを
大切に思ってくれていることを、しっかりと自覚している。

だから士道は、己の身を軽んじて無謀《むぼう》に走ることはしたくなかった。それは、皆の思い
を踏《ふ》みにじることに他ならないからだ。——それも、皆と出会ってから士道が学んだこと
であった。

けれど——

「……っ！」

「え——」

と、そこで。

士道は、そして精霊たちは、同時に目を見開き、ハッと肩を震わせた。

理由は単純。緊迫《きんぱく》感の満ちる瓦礫《がれき》の野に——

【————————————————】

突然《とつぜん》、どこからともなく、美しい歌声が聞こえてきたからだ。

「美九──？」

聞き覚えのある声。いや、それ以前に、この場にこれほど美しく歌を歌い上げる者など一人しかいなかった。歌声の主の名を呼びながら、そちらを振り返る。

すると絶世の歌姫《うたひめ》は、士道や皆の不安を抱《だ》き留めるように、優しく微笑《ほほえ》んでみせた。

◇

「──きゃぁぁぁぁぁぁぁぁぁあっ！　助けてください、だーりぃぃぃぃぃんっ！」

〈ビースト〉襲来《しゅうらい》より数ヶ月前。

赤く色づいた木々の葉が、風に吹《ふ》かれて散り始めた頃《ころ》。

士道が自宅の庭で落ち葉を掃《は》いていると、突然道の方からそんな声が響いてきた。

「な、なんだ……？」

鈴《すず》を転がすような美しい声と、『だーりん』という特徴的《とくちょう》に過ぎるその呼称《こしょう》で、声の主の正体はすぐに知れた。──誘宵美九。天下御免《ごめん》のアイドルにして、かつて精霊であった少女の一人だ。

だが、それが判別できたところで、状況《じょうきょう》はまったくわからないままだった。慌《あわ》てて振り返り、外の様子を確かめる。すると、帽子《ぼうし》とサングラスで雑に変装した美九が、豊満なバストを豪快《ごうかい》に揺《ゆ》らしながら、こちらに走ってきていることがわかった。

「どうしたんだ、美九！　一体何があったんだ⁉」

美九を迎《むか》え入れるように門を開け、叫《さけ》ぶ。すると美九が、後方を指さしながら悲鳴を上げた。

「あの人が……あの人がしつこく追いかけてくるんですぅぅぅっ！」

「あの人？」

士道は訝《いぶか》しげに眉《まゆ》をひそめながら、美九の後方を見やった。するとそこに、スーツに身を包んだ女性の姿があることがわかる。見るからに運動に向かないタイトスカートとパンプスを身につけながらも、必死の形相で美九を追いかけてきている。

その姿を認め、士道は緊張《きんちょう》に身を強ばらせた。白昼堂々美九を追いかけるだなんて、一体何者だろうか。――熱狂《ねっきょう》的なファンやストーカー？　DEMの残党？　それともスキャンダルを狙《ねら》う週刊誌の記者？　様々な可能性が頭に浮《う》かんでは消えていく。

「ええい、それはあとだ。とにかく――」

士道は五河《いつか》家に辿り着いた美九の手を引き寄せると、そのまま彼女の身を守るようにスーツの女の前に立ちはだかった。そして、毅然《きぜん》とした態度で、走り寄ってくる女に対峙《たいじ》してみせる。

「一体この子に何の用ですか？　ことと次第によっては……」

が、キリッと作られた士道の表情は、すぐにへにゃりと歪《ゆが》むことになった。

理由は単純なものである。肩で息をしながら顔中に汗《あせ》を滲《にじ》ませる女性の顔に、見覚えがあったからだ。

「あれ？　あなたは確か……」

「……はぁ、はぁ……、暮林《くればやし》……昴《すばる》……、美九の……、マネージャーよ……」

息も絶え絶えといった様子で、女——昴が名を名乗る。

「……美九？」

士道が半眼を作りながら美九の方を見ると、彼女は「……きゃはっ☆」と、可愛《かわい》らしくウィンクをしてみせた。

「——海外進出？」

それから数分後。五河家のリビングに二人を招き入れた士道は、目を丸くしながらそう返した。

「ええ……実は先日、アメリカの音楽会社からそういう提案があって……」

向かいのソファに座った昴が、額に噴《ふ》き出した汗をハンカチで拭《ぬぐ》いながら言ってくる。

ちなみに、普通《ふつう》来客があった場合、手前のソファに家主の士道、向かいのソファに客人二人、という配置が一般的《いっぱん》であるが、今美九は当然のように士道の隣《となり》に座っていた。ついでにいつの間にか腕《うで》を組むようにしながら士道の肩にしなだれかかっていた。

今をときめくアイドルとしては非常にスキャンダラスな絵面なのだが、昴ももうその辺りの事情は熟知している（というか、諦《あきら》めている）ので、今さら騒《さわ》いだりはしない。特に気にする様子もなく、あとを続けてくる。

「なんでも、あっちのプロデューサーが動画サイトで美九の歌を聞いて、一目《ひとめ》惚《ぼ》れならぬ一耳惚れをしたとかで。バックアップは全てするから、是非《ぜひ》その歌声を世界に広げてみないか……って」

「へえ……」

士道は納得を示すようにうなずいた。

突然の話だ。まったく驚かなかったかと言えば嘘《うそ》にはなる。けれど決して、あり得ない話だとは思わなかったのだ。

確かに美九は元精霊《せいれい》であり、その力は、音や声に霊力を込めることだった。その歌声は魔性《ましょう》の蜜《みつ》。それこそ彼女は、一言発するだけで人々を自在に操ることさえできたのである。

だが、美九の歌姫としての人気が、その精霊の力によって形作られた虚構《きょこう》のものであったかといえば――決してそんなことはなかった。

天性の美しい声質。確かな努力に裏打ちされた歌唱力とパフォーマンス。

人の目を、耳を捉《とら》えて放さない圧倒《あっとう》的な存在感は、始原の精霊に与《あた》えられたものではなく、紛《まぎ》れもなく彼女自身の力だったのである。一耳惚れしたというプロデューサーの気持ちもわからないではなかった。

「でも、その話がさっきの追いかけっことどう繋《つな》がるんですか？　聞く限りだと、いい話に思えますけど……」

「それは……」

昴は難しげな顔をしながら、美九の方をちらと見た。

すると美九が、つーん！　とわかりやすい仕草で顔を背けてみせる。

「何度言われてもお断りしますぅ！　私はアメリカには行きませんー！」

「……と、こういうわけよ」

「な、なるほど……」

士道は頰《ほお》に汗を垂らしながらうなずいた。そして、自分の腕を取る美九に顔を向ける。

「ええと、一応聞いてもいいか？　なんでそんなに嫌《いや》がるんだ？　アメリカが嫌い……ってわけじゃないんだよな？」

「そりゃあ私だって、活躍《かつやく》の幅《はば》が広がるのは嬉《うれ》しいですよ？　こういうお話をいただけるのはありがたいと思いますし、たくさんの人に私の歌が届けられるっていうなら大歓迎《かんげい》です。でも――」

士道が問うと、美九はバーン！　とテーブルを叩《たた》きながら、高らかに声を発した。

「アメリカ進出なんてしたら！　だーりんや皆《みな》さんと一緒《いっしょ》に過ごす時間が減っちゃうじゃないですかー！」

「あー……うん。予想通りの答え、ありがとう」

士道は苦笑しながら言うと、美九は「どういたしましてー！」と屈託《くったく》のない笑みを浮かべた。皮肉とかではなく、純粋《じゅんすい》に士道の謝意に応えているといった様子だった。

昴が、困り顔をしながらガリガリと頭をかく。

「ねえ、考え直してくれない、美九。これはまたとないチャンスなのよ？」

「いーやーでーすー！　何度も断ったじゃないですかー！」

「でも美九、そのプロデューサーは、三〇代の若さでアメリカのミュージックシーンを席巻する敏腕《びんわん》Pで――」

「つーん！　そんなこと言われたって考えは変わりませんよー！」

「――長身グラマラスなキャリアウーマンタイプの金髪《きんぱつ》美女よ!?」

「うぐ……っ!?」

昴の言葉に、美九が肩《かた》をピクッと揺らす。が、ギリギリと歯を食いしばり、手の甲《こう》をつねりながらどうにか頭《かぶり》を振《ふ》ってみせた。

「そ、そんな手には……乗りませんよぉー……ッ!!」

その様は、強靭《きょうじん》な意志の力で破《は》壊衝動《かいしょうどう》に抗《あらが》う琴里の姿を想起させたが、いくらなんでも琴里が気の毒なので言葉にはせずにおいた。士道は妹思いのお兄ちゃんなのである。

「く……っ、打つ手なしか……」

昴ががくりと肩を落とす。……今の情報を奥の手と考えているあたり、事務所での美九の扱《あつか》いがなんとなく察せられた。

「……ねえ、士道くん。あなたからも言ってあげてくれない？　これは本当に、美九の将来を左右する選択《せんたく》なのよ。そりゃあ、美九の気持ちもわかるわ。でも、五年後一〇年後、美九に、後悔《こうかい》させたくないの」

「え、お、俺ですか？」

突然話を振られて、士道は目を丸くした。

「ええと……」

昴の縋《すが》るような視線と、美九の少し不安そうな視線が、二方向から突《つ》き刺《さ》さる。士道はそこはかとない居心地の悪さを覚えて身を捩《よじ》りながらも、頭の中で考えを巡《めぐ》らせた。

昴の気持ちはよくわかる。彼女とて美九のマネージャー。美九の活躍を誰《だれ》よりも近くで見てきた、美九の第一のファンだ。美九の歌声が世界中に響《ひび》き渡《わた》るこのチャンスを逃《のが》したくはないだろうし——美九ならば、世界の歌姫となれる素質を持っていると信じているに違《ちが》いない。実際士道も、考えとしては昴に近かった。

とはいえ美九の気持ちもまた、よく理解できた。今まで平坦《へいたん》とはいかなかった人生を送ってきた彼女だ。今この平穏《へいおん》を大切にしたいというのも無理のないことだろう。……あとなんとなくではあるが、一週間以上七罪（でなくてもいいのだが、なぜか七罪の姿がパッと思い浮かんだ）をハグしないでいたら、美九の精神が保てないような気もする。

「………」

士道は小さく唸《うな》ったのち、顔を上げた。

「俺は——」

「──美九の好きなようにさせてやりたいと思います」

しばしの熟考のあと、士道がそう言ってくる。

その言葉に、美九は「きゃあっ！」と声を弾《はず》ませた。反して、向かいに座った昴は「くう……っ！」と、膝《ひざ》に矢を受けたようにくずおれる。

「さっすがだーりん！　大好きですぅ！」

組んだ腕をさらに引き寄せながら、美九はぴょんぴょんとソファの上で跳《は》ねた。士道がそんな美九の行動にあははと苦笑しながら、言葉を続けてくる。

「もちろん俺としては美九に活躍してほしいですけど……それ以上に、美九には幸せでいてほしいんです。もし美九が今の生活を大事にしたいっていうなら……その意志を尊重したいと思います」

「だーりん……！」

美九は士道の優しい言葉に涙《なみだ》を浮かべると、そのままはしっ！　と士道に抱《だ》きついた。

士道が照れたように頬を赤くしながら、トントンと肩をタップしてくる。

美九はしばしの間士道の抱き心地と体温とうなじの匂《にお》いを堪能《たんのう》したのち、ぷはぁっ、と息を吐《は》いて昴に向き直った。

「と言うわけですよ昴さん！　潔《いさぎよ》く諦めるんですねー！」

「さ、最後の希望が……」

美九が言うと、昴はよろよろと力なく身を起こすと、とぼとぼと廊下《ろうか》の方に歩いていった。

が、リビングを出ようとしたところでキッと視線を鋭《するど》くし、ビッと美九に指を向けてくる。

「覚えてなさい美九……私を倒《たお》したとしても、第二第三の刺客《しかく》が、あなたを勧誘《かんゆう》に訪れるでしょう……！」

「ふっふーん！　そんなの怖《こわ》くないですよぉーっだ！」

「……あ、もしもし。お疲《つか》れ様です暮林です。やっぱり駄目《だめ》でした。はい、向こうのプロダクションから可愛い子見繕《みつくろ》って派遣《はけん》してくれるようお願いしてください。甘えさせてくれるお姉さんタイプと素直じゃない年下タイプはマスト。あとカタコトの日本語とか弱いと思います」

「あれっ⁉　思ったより強敵の予感がしてきましたぁ！」

美九が両手で頰を押さえながら悲鳴を上げると、昴は暗い笑いを残して去っていった。

数秒後、バタンと玄関《げんかん》の扉《とびら》が閉まる音が聞こえてくる。それを確認してから、美九はふうと息を吐いた。

「ありがとうございます、だーりん。しつこくて困ってたんですよぉ」

「はは……まあ、仕方ないだろ。凄《すご》い話なんだし、暮林さんとしてはああするしかないって」

「それはそうかもしれませんけどぉ……」

美九は不満げに唇《くちびる》を尖《とが》らせたのち、パァッと表情を明るくした。

「でも、嬉しかったです。だーりんがああ言ってくれて。やっぱりだーりんも、私と一緒にいたかったんですねぇ！」

「ん……まあ、な」

美九が言うと、士道はどこか困ったような表情を浮《う》かべ――しかしすぐにそれを笑顔で掻《か》き消すようにしてうなずいてきた。

「有名になることばかりが人生じゃないし、美九が満足できるように生きるのが一番だと思う」

「ですよねぇ！　さすがだーりん、わかってますぅ！」

美九が笑顔で返すと、士道は「でも」と続けてきた。

「もし美九が挑戦《ちょうせん》したいっていうなら、それも全力で応援《おうえん》するよ。忘れないでいて欲しいのは……どんな選択をしたって、俺は美九の味方だってことさ」

「……！　だーりん──」

美九は再び感涙《かんるい》に噎《むせ》ぶと、これまた再度士道に抱きついた。

士道が一瞬《いっしゅん》浮かべた複雑そうな表情のことも気にはかかったが──身体《からだ》に満ちる士道の温かな感触《かんしょく》の前に、やがて薄《うす》れていってしまった。

◇

──結局、そのときの士道の気持ちを美九が理解したのは、それから実に四ヶ月以上が経《た》ったあとのことだった。

そう。士道が〈ビースト〉を追って、ここことは別の世界へ行くと言い出したとき。

狼狽《ろうばい》と焦燥《しょうそう》が精霊《せいれい》たちの間に満ちる中、美九は一人、不思議な既視《きし》感に囚《とら》われていたのである。

「あれ、これって……」

誰にも聞こえないくらいの声でぽつりと呟《つぶや》き──自覚する。

今の自分は、あのときの士道と似たような位置にいるのではないか、と。

無論、状況《じょうきょう》や規模はまったく違う。何より、挑戦よりも安定を選んだ美九に対し、士道は新たな一歩を踏《ふ》み出そうとしている。

けれど、大切な人に転機が訪れ、その選択を見守っているという点において、奇妙《きみよう》な符《ふ》合《ごう》を感じずにはいられなかったのだ。

そして、第三者の位置に立ったからこそ、感じられることがあった。

士道は〈ビースト〉を追いたがっている。彼方《かなた》の世界に消えた彼女に、どうにか手を差し伸《の》べたいと思っている。それは間違《まちが》いない。

けれど、空間の壁《かべ》を越《こ》えたあと、再びこの世界に戻《もど》れる保証はない。そのことが――否《いな》、もっと正確に言うなら、美九たち精霊を悲しませてしまうことが、士道には耐《た》えられなかったのだ。

「――――」

そしてそれを自覚すると同時、美九は、あることを思ってしまった。

――士道の重荷になりたくない、と。

もちろん、士道と離《はな》ればなれになどなりたくはない。もし士道と永遠に会えないなどということになってしまったら、一体どうしたらいいかわからない。

けれど、その想いが士道の足枷《あしかせ》になり、彼が望む道を選べないというのもまた、美九にとっては耐えがたい苦痛だったのである。

それは、逃れようのない矛盾《むじゅん》であった。

美九が、精霊たちが、士道を失いたくないと思うのは――

彼がこんなとき、〈ビースト〉を助けにいくという選択肢《せんたくし》を選んでしまう人だったからなのだ。

「ああ――」

美九は奇妙な感慨《かんがい》に目を細めると、不安そうな表情を浮かべる精霊たちを見渡《みわた》した。

それはあくまで、美九の想い。

しかし美九には、自覚しているか否かの差こそあれど、皆《みな》も同じような想いを抱いているに違いないという確信があった。

なぜなら、ここにいる精霊たちは皆、美九と同じように士道と出会い、美九と同じように士道に救われ、美九と同じように士道と過ごし――美九と同じように士道を好きになった、仲間たちだったのだから。

ならば、今美九がすべきことは何か。美九がせねばならないこととは何か。

美九は考えを巡らせると、ヘッドセットを操作し、マリアにのみ通信を行った。

「……マリアさん。お願いがあるんですけど、いいですか？」

『――美九？　一体なんでしょうか』

「ええ。実は──」

美九が要望を伝えると、マリアは『ほう』と応えてきた。

『なるほど。それくらいならば、今の〈フラクシナス〉にも可能です。すぐに手配しましょう』

「本当ですか？　じゃあお願いします」

『美九』

「はい？」

『あなたがいてくれてよかった』

「うふふ。惚《ほ》れちゃいました？　私はいつでもウェルカムですよー？」

『そういうところも含《ふく》めて、です。

──と、準備完了《かんりょう》しました。いつでもどうぞ』

「あらー、さすが、仕事が早いですねぇ」

美九は気安く笑いながらそう言ったのち、すうっと息を吸った。

そして。

「〈破軍歌姫《ガブリエル》〉──【幻想曲《ファンタジア》】」

今自分の持つ霊力《れいりょく》を込められるだけ込めた声で──

歌を、歌い始めた。

【────────────────────】


それは。

あまりに美しく、勇壮《ゆうそう》で──そして優しい、歌だった。

〈ビースト〉のことで紛糾《ふんきゅう》していた士道や琴里たちが、一瞬で目と耳を奪《うば》われてしまうほどに。

とはいえそれは、ただ美しいだけの旋律《せんりつ》ではなかった。その歌には、手を動かせば何かしらの感触を得られるのではないかと思えるくらいに、濃密《のうみつ》な霊力が込められていたのである。

「な──」

両の鼓膜《こまく》──どころか、全身の体表を通してその旋律を感じ取るに従い、士道は、身体に残っていた痛みが和《やわ》らいでいくのを感じた。

否、それだけではない。消耗《しょうもう》していた手足に力が満ち、感覚器が研ぎ澄《す》まされていく。

まるで、【行進曲《マーチ》】や【鎮魂歌《レクイエム》】、その他の〈破軍歌姫《ガブリエル》〉の曲を、纏《まと》めてその身に浴びたか

のような感覚だった。

他の精霊たちも同じことを感じたのだろう。急に痛みが消えたことに驚《おどろ》いてか、目をぱちくりと瞬《しばた》かせる。

【―――――、―――――】

やがて歌が終わり、美九が大仰《おおぎょう》な所作で以《もっ》て、恭《うやうや》しく礼をする。

瞬間《しゅんかん》、士道と精霊たちは、思わず息を詰《つ》まらせた。

士道たちが装着したインカムやヘッドセットから、万雷《ばんらい》の拍手《はくしゅ》と、割れんばかりの歓声《かんせい》が響《ひび》いてきたのである。

「え……っ？」

「こ、これは……」

士道たちが驚いていると、美九がにこりと微笑《ほほえ》んできた。

「驚きましたか？　マリアさんにお願いして、この近隣《きんりん》のシェルターと通信を繋《つな》いでもらったんです。皆さん不安がっているでしょうし、お怪我《けが》をされてる方もいるかもしれません。――せっかくの誘宵美九コンサートです。たくさんの人に聞いてもらわないともったいないじゃないですか」

『――なお、送信しているのは歌のみですので、会話は気兼《きが》ねなくしていただいて問題ありません』

マリアが補足するように言ってくる。なんとも如才《じよさい》ないことである。あまりの周到《しゆうとう》さに、士道は苦笑してしまった。

すると美九はそんな士道に向き直ると、ふっと頬《ほお》を緩《ゆる》めてきた。

「さ、どうですかだーりん？　私の渾身《こんしん》の歌です」

「ああ……ちょっと驚いたけど、凄《すご》く――」

「――〈ビースト〉さんをデレさせて、なおかつ、きっちりこっちの世界に帰ってくるくらいのパワーは溜《た》まりましたか？」

と。

士道の声を遮《さえぎ》るように続けられた美九の言葉に、士道は思わず目を見開いた。

「美九……」

「ふふ、私、これでもお姉さんなんですよ？　こんなときくらい、格好つけさせてください」

美九はそう言うと、琴里をはじめとする精霊たちの方に目をやった。

「というわけです、皆さん。私は、だーりんの手助けをします。文句があるなら私にどうぞ。私がたぁーっぷり聞いてあげますからねぇー」

言って、美九がニィ……と笑みを浮かべながら、両手の指をわきわきと動かしてみせる。

精霊たちが「ひっ」と後ずさった。

そして、やがて精霊たちは、諦《あきら》めたように息を吐《は》いていった。

「……んまぁ、結局こーなるよねー。仕方ないか。だって少年だもん」

「むん……主様《ぬしさま》がここで平穏《へいおん》を選んでくれるような性分であれば、そもそもむくたちはここに揃《そろ》っておらぬ」

「微笑。別に夕弦は、最初から反対していませんが。ちなみに耶倶矢は涙目《なみだめ》でした」

「いや勝手なこと言わないでくれる!?」

などと言いながら、頬を緩める。

とはいえ別に彼女らは、美九の『対話』に恐《おそ》れをなしたわけでも、ましてや美九の『声』によって操られたわけでもない。

理由は一つ。

歌に込められた美九の想いが、伝わったから。

そして、その想いが、自分の裡《うち》にもあったのだと、理解できてしまったからだろう。

元来、歌は想いを乗せるもの。——それが天使の加護を受けた歌ならば、なおさらだ。

美九の歌は、皆に力を与《あた》えるだけでなく、歌い手の覚悟《かくご》と決心をも、皆に伝えていたのである。

「──気を付けて。士道なら、できる」

「頑張《がんば》ってください、士道さん」

『祝賀パーティーの準備しとくよー』

「……ま、なんとかなるでしょ、士道だし」

「待つ女というのはあまり性に合わないのですけれど……ふふ、今日は特別に健闘《けんとう》をお祈《いの》りしておきますわ」

士道は精霊《せいれい》たちから順に激励《げきれい》を浴びると、琴里に向き直った。

「琴里……」

「………、ふん。もし帰ってこなかったら、〈ラタトスク〉が収集したあなたの黒歴史が、全て衆目に晒《さら》されると思うことね」

「そ、それは……何としてでも帰ってこないといけないな」

あまりに恐ろしい計画に士道が苦笑すると、琴里が士道の胸倉を掴《つか》み、ぐいと引き寄せてきた。

そして、士道の胸に額を押し当て、小さな声で呟《つぶや》く。

「……絶対に帰ってきてね……おにーちゃん」

「……ああ、もちろんだ」

士道は短く答えると、琴里の頭を優しく撫《な》でた。

数秒の間そうしてから、最後に、美九の方に視線を向ける。

「ありがとう、美九。おまえからもらったこの力と――覚悟。絶対に無駄《むだ》にはしない」

「うふふ、当然です。なんてったって天下のアイドル誘宵美九、渾身の一曲ですからね。ちゃっちゃと〈ビースト〉さんを攻略《こうりゃく》して帰ってきてください」

美九はそう言うと、いたずらっぽく笑いながら続けた。

「あんまり遅《おそ》いと――私、世界の歌姫《うたひめ》になっちゃってるかもしれませんよ？」

「！　それって……」

その言葉が意味することを察し、士道が目を丸くすると、美九はニッと唇《くちびる》を笑みの形にしてみせた。

「――私、アイドルですから。キラキラとピカピカの化身ですから。今の皆さんの中で輝《かがや》き続けるには――そして、今の皆さんに憧《あこが》れてもらうには、それくらい、なっておかないといけないかなって」

「……はは、違《ちが》いない」

士道は肩《かた》をすくめながら笑うと、〈暴虐公《ナヘマー》〉を握《にぎ》る手に力を込め、踵《きびす》を返した。

「——行ってくる」

「はい、待ってます」

背に、美九をはじめとした精霊たちの声がかけられる。

ついでに、手にした〈暴虐公《ナヘマー》〉から、「早くしろ」というような震《ふる》えが伝わってくる。

士道は細く息を吐くと、

「——はぁッ！」

裂帛《れっぱく》の気合いとともに、〈暴虐公《ナヘマー》〉を振《ふ》り下ろした。

瞬間、両の手に凄《すさ》まじい重圧がかかったかと思うと、〈暴虐公《ナヘマー》〉の漆黒《しっこく》の刀身が空間を引き裂《さ》き——三日月状の『傷』が、虚空《こくう》に生じる。

それは、まさしく先刻〈ビースト〉が生み出したのと同じ、世界の綻《ほころ》び。いずこかへと通ずる、未知の扉《とびら》。

この先に、何が待ち構えているのかはわからない。どのような世界が広がっているのかもまた、わからない。

ただ一つ確かなのは、この先に〈ビースト〉が——人智《じんち》を超《こ》えた力を振るう、悲しい目をした孤独《こどく》な少女がいるということだった。

「……十分だ」

士道は小さく呟くと、ぐっと足に力を込め——

未知の世界へと、その身を躍《おど》らせた。

◇

「……っく、う──」

──違和感《いわ》は一瞬。

けれどその衝撃《しょうげき》は、激しく士道の脳を揺《ゆ》さぶった。

感覚としては、〈刻々帝《ザフキエル》〉【一二の弾《ユッド・ベート》】で、過去へ送られたときのそれに近いだろうか。

立っていられなくなるほどの激しい目眩《めまい》。もしも今この身が〈破軍歌姫《ガブリエル》〉の加護に護《まも》られていなかったなら、或《ある》いはこの手に〈暴虐公《ナヘマー》〉がなかったなら、その場に倒《たお》れ込んでしまっていたに違いなかった。

とはいえ、本来自分が存在しないはずの場所へと、無理矢理足を踏《ふ》み入れたのだ。むしろこの程度の目眩で済んでいるのは僥倖《ぎょうこう》なのかもしれなかった。

「はぁ……っ、はぁ……っ、ここは……」

額に手を当てながら深呼吸をし、辺りを見回す。

「……っ」

そして自分の周囲に広がった光景に、少しの間、言葉を失った。

──見渡《みわた》す限《かぎ》りの、瓦礫《がれき》の野。

それは先ほどまで自分がいた元の世界と酷似《こくじ》した風景だった。それこそ一瞬《いっしゅん》、移動に失敗したのかと思ってしまったほどに。

だが、違う。士道はその場に膝《ひざ》を折ると、地面を構成する建物の残骸《ざんがい》を見つめた。滅茶苦茶《めちゃくちゃ》に破砕《はさい》された建材。その上に苔《こけ》が生《む》し、土埃《つちぼこり》が層を成している。少なくとも、昨日や今日壊《こわ》されたものではない。数ヶ月か、或いは数年か……圧倒《あっとう》的な力で蹂躙《じゅうりん》されたあと、修理も再建もされずに放置され続けたという様相だ。

そして、問題はその範囲《はんい》だ。士道は目を凝《こ》らしながら、改めて遠方を見つめた。

「…………」

けれど、駄目《だめ》だった。何も、見つからなかった。

無事な建造物や車、或いは森林や山々に至るまで、何も。

そう。士道の視界に入る風景全てが、まっさらに均《なら》されてしまっていたのである。

まるで、世界の滅《ほろ》びを体現したかのような光景。僅《わず》かな植物を除き、一切の生命の息吹《いぶき》が絶たれてしまったかのような死の世界。不吉《ふきつ》に過ぎる自分の想像に、士道は思わず身を震わせた。

が。

士道はすぐに、その思考を中断した。

理由は至極単純。

その瓦礫の中に――一人の少女の姿を見つけたからだ。

ボロボロの霊装《れいそう》。傷だらけの肌《はだ》。今はその身を休めるかのように地面に蹲《うずくま》り、微《かす》かに肩を上下させている。

その背中は、先刻街を蹂躙した精霊というにはあまりに弱々しく――泣きじゃくる子供のようにさえ見えた。

「あ――」

思わず、声が漏《も》れる。

「……っ!?」

するとそれに気づいたのか、少女の肩が小さく震えた。

そしてバッと顔を上げて士道の方を振り向くと、驚愕《きょうがく》するように目を見開いてくる。

「っ、な、ぜ……、おまえが、ここに……？」

言って、よろよろと立ち上がり、その場から後ずさっていく。

まるで、士道を恐れるかのように。

「…………」

その姿を見て、士道は細く息を吐《は》いた。

何が起こったのかはわからない。ここがどこかも未《いま》だはっきりとはしない。けれどそれは、自分の直感が正しかったのだと確信するには、十分に過ぎる光景だった。

「言ったろ。俺は君を——」

士道は少女の目を真っ直ぐ見据《みす》えると、そこで言葉を止めた。

そう。その二人称《ににんしょう》は、彼女に対して用いるには、少々他人行儀《ぎょうぎ》な気がしたのだ。

「——おまえを、救いにきたんだ」

「……っ……」

士道の言葉に、少女が息を詰《つ》まらせる。

「まさか……追ってきたというのか、この私を……。駄目だ……私は、もう、おまえには会わないと決めたのに。駄目なのだ、私は——」

少女の言葉は、最後まで発されることはなかった。

だが、それも当然だ。

——士道の唇が、少女の唇を、塞《ふさ》いでいたのだから。

「——」

「…………っ」

──それは、幾度《いくど》も繰《く》り返してきた方法。

精霊と口づけをすることでその力を封印《ふういん》する、この世界で士道だけに許された禁断の儀《ぎ》式《しき》。

けれど、今の士道に、そんな意図は微塵《みじん》もなかった。そもそも澪が消えた今、士道に霊《れい》力《りょく》封印能力が残っているか否《いな》かさえ定かではなかったのだ。

だが、そのようなもの、今の士道には関係がなかった。

ずっと前から、決めていたのだ。

もしも彼女に会ったのなら、そのときは──

力いっぱい抱《だ》き締《し》めて、キスをしてやろうと。

嗚呼《ああ》、そうだ。

彼女が、『爪《つめ》』を大剣《たいけん》に変化させてから。

〈暴虐公《ナヘマー》〉をこの手に握り、その声を聞いてから。

いや──もしかしたら、彼女と出会ったあのときから。

士道は、彼女の名を、知っていたのだ。

「あ……」

数瞬《すうしゅん》の間。

キスを終えた〈ビースト〉の唇から、声が漏れる。

そして。

「――シドー……」

〈ビースト〉――夜刀神《やとがみ》十香は、そう、呟《つぶや》いた。

第十章　夜《や》刀《と》神《がみ》十香《とおか》

――――

――――

――――

――シ――

――ド――

◇

「……行っちゃったわね」

虚空《こくう》——ほんの数瞬《すうしゅん》前まで、三日月形の傷が生じていたその空間を眺《なが》めながら、琴里《ことり》はぽつりと呟《つぶや》いた。

言葉にしがたい寂寞感《せきばくかん》が肺腑《はいふ》を満たす。士道《しどう》が消えてしまった世界は、どこかシンと静まり返っているような気がしてならなかったのである。

無論、それが心持ちの問題なのだろうということは琴里にもわかっていた。ときは黎明《れいめい》。住民が一人も残っていない瓦礫《がれき》の野。〈ビースト〉がいなくなった今、もとよりここは静寂《せいじゃく》が支配する空間であったのだから。

「…………」

琴里は胸元を押さえた。士道ならばきっとやってくれると信じている。きっと無事に帰ってきてくれると思っている。だからこそ最後は、士道を送り出したのだから。

けれどそれでもなお——途方《とほう》もない不安感は琴里の胸を激しく締《し》め付けていた。

「——琴里」

「琴里さん……」

琴里の様子を感じ取ってか、精霊《せいれい》たちが声をかけてくる。

そんな彼女たちの顔には、琴里と同じような色が滲《にじ》んでいる。それを見て、琴里は小さく頭《かぶり》を振《ふ》った。

確かに相手は正体不明の精霊。足を踏《ふ》み入れたのは、どことも知れない彼方の世界。もしかしたら士道にもう会えないかもしれない。それを考えると、今にも泣き出してしまいそうになる。

けれど司令である琴里が、皆《みな》を不安がらせるわけにはいかない。琴里は気合いを入れるように頰《ほお》を叩《たた》くと、改めて皆の方に目を向けた。

「きっと大丈夫《だいじょうぶ》よ、士道なら。……私たちは私たちにできることをしましょう。士道が帰ってきたとき、事後処理の一つも終わってないようじゃ、笑われちゃうわ」

琴里が言うと、精霊たちは皆一様にこくりとうなずいてきた。

「はい……そうですね」

「……むん。その通りじゃ」

するとそんな皆の様子を見てから、折紙があごに手を当てた。

「この破壊跡は空間震が原因ということにするとして、救助の際に私たちの顔と〈世界樹の葉《ユグド・フォリウム》〉を見た住民への対応を第一に行うべき」

「あー……そういえば、七罪さんたちは思いっきり顔見られちゃってるんですよねー」

「懸念《けねん》。報道関係は〈ラタトスク〉の力で抑えられるとしても、個人のSNSを全て把握《はあく》するのは――」

『ご安心ください。既に先ほどから対応中です』

と、皆の懸念に応えるように、ヘッドセットからマリアの声が聞こえてくる。

『現在、当該《とうがい》地域のネットワークは全て私の管理下にあります。シェルター内のスマートフォンからアップロードされた目撃情報は、全てこちらで削除しています。添付された写真及び動画も、端末とクラウド上から削除しておきました。現在、疑似《ぎじ》情報を先行してネットワーク上に流す欺瞞《ぎまん》作戦を実行中です。数日もすれば沈静《ちんせい》化し、都市伝説の仲間入りを果たすでしょう』

「……はは、すっご」

七罪が頬に汗を垂らしながら乾いた笑みを浮かべる。その表情からは、「間違っても敵に回しちゃ駄目なやつだ……」という思考が滲《にじ》み出ていた。

いつもながら鮮やかな手管である。琴里は感嘆《かんたん》を込めて息を吐いた。

「さすがね。――じゃああとは、みんなの治療とメディカルチェックかしら。できれば霊力を保有しているうちに霊装と天使のデータも取っておきたいけど……まあ、無理もよくないし。あ、〈フラクシナス〉の改修も急がないと」

と、琴里が指を折りながら仕事を並べていくと、二亜《にあ》が「えっへっへ」と気安《きやす》い笑みを浮かべてきた。

「まあまあ、焦《あせ》らずじっくりやろうよ妹ちゃん。少年も今頃感動の再会を果たしてる頃だと思うし。いやまあ、正確にはそのものってわけじゃないだろうけど」

「ええ……って、ん？」

うなずきかけたところで、琴里は怪訝《けげん》そうに眉根を寄せた。

何だか二亜の口ぶりが、妙に引っかかったのである。

そして、そこで思い至る。二亜が手にした天使の権能に。

〈ビースト〉との戦いに気を取られていたため、思考から外れていたが……書の天使〈囁告篇帙《ラジエル》〉を持った彼女は今、望めばこの世全ての情報が手に入る状態だったのである。

「……二亜。あなた、何か知ってるわね？」

「…………………、てへっ☆」

琴里が半眼を作りながら言うと、二亜はしばしの間沈黙《ちんもく》を保ったのち、
と、コミカルな調子で舌を出してみせた。

「何を笑ってるのよ、何を！　〈囁告篇帙《ラジエル》〉で調べてたなら、どうしてもっと早く言わな

いの!?」

「そ、そうであるぞ！　士道に教えとけば、もっと準備とかできたかもしれないのに！」

琴里たちが詰《つ》め寄《よ》ると、二亜は頬に汗《あせ》を垂らしながら身を反らした。

「ま、まあまあ落ち着いて……もし危険な情報だったらちゃんと言ってたってば。それに

——」

二亜はふっと唇《くちびる》を笑みの形にすると、何やら意味深に目を伏《ふ》せた。

「事前情報がなければ足を踏み出せないようなら、行かない方がいいんじゃないかって思ってさ。——ま、少年のことだから、そんなことあるはずないとは思ってたけど」

二亜の言葉に、精霊たちが「むぅ……」と唸《うな》る。正直煙《けむ》に巻かれている感はあったのだが、士道への信頼《しんらい》を盾《たて》にされると、どうも追及《ついきゅう》しづらかった。

だが。

『——まあ、あそこでネタバレはできませんよね』

「そーそー。いちクリエイターとして、あの段階でのネタバレはちょっと美味《おい》しくないなーって……はっ」

ヘッドセットから響《ひび》いたマリアの声に、二亜はうんうんとうなずきながら返し——皆のジトッとした視線に気づいてか、ハッと肩《かた》を震《ふる》わせた。

「き、汚《きたな》い！　今のは誘導尋問《ゆうどうじんもん》だー！」

「二ぃいいい亜ぁぁぁぁ――？」

「きゃーん！　お助けぇぇぇぇぇっ！」

　二亜が情けない悲鳴を上げながら、狂三《くるみ》の背に隠れる。

　二亜が退避《たいひ》場所にそこを選んだ理由は容易に知れた。いきり立つ精霊たちの中、狂三だけが一人、可笑《おか》しそうにくすくすと笑っていたのである。

「まあ、いいではありませんの。二亜さんの言うことも、あながち間違《まちが》ってはおられませんし。闇《やみ》に踏み出す覚悟《かくご》がない方には、何ものも摑《つか》めないのが必定ですわ。――心配せずとも、士道さんはきっと無事に帰ってこられますわよ」

「……何だか、あなたも何かに気づいているって感じね」

　琴里が指摘《してき》すると、狂三は笑うように目を細めた。

「いえいえ、二亜さんほど具体的な情報を摑んでいるわけではありませんわよ。わたくしの場合はただの推測。いえ、予感と言い換《か》えた方が適当かもしれませんわ」

「要領を得ないわね。どういうこと？」

　琴里が言うと、狂三はふっと頰を緩《ゆる》め、パチンと指を鳴らしてみせた。

「――〈刻々帝《ザフキエル》〉」

そしてその名を唱えると同時、狂三の足元に蟠《わだかま》った影《かげ》から、巨大《きょだい》な時計が出現する。

「のわーっ!?」

その出現位置がちょうど狂三の背後だったものだからさあ大変。そこにいた二亜は足を取られて後方にひっくり返った。もとより際どい霊装《れいそう》の裾《すそ》が捲《まく》り上げられ、臀部《でんぶ》が大胆《だいたん》に露出《ろしゅつ》する。

……が、なぜか欠片《かけら》も色気は感じられなかった。美九《みく》だけが唯一《ゆいいつ》「ほほう、これはこれで……」と何やら玄人《くろうと》のような雰囲気《ふんいき》を漂《ただよ》わせながらあごを撫《な》でていた。

「………………」

それら一連の出来事も気にならなくはなかったのだが……今はそれよりも見るべきものがある。琴里は微《かす》かに眉根を寄せると、〈刻々帝《ザフキエル》〉の文字盤《ばん》に目をやった。

Ⅳ、Ⅵ、Ⅶ、Ⅷ、Ⅺ、Ⅻ──

一二ある数字のうちの実に半数が、色を失っていたのである。

「これって……」

琴里が怪訝そうに言うと、狂三は小さく笑いながら空を仰《あお》いだ。

「──どんな世界にも、ひねくれ者はいる、ということですわ」

◇

生命が絶えた死の大地で。

士道は、少女の肩を摑んだまま、ただ静かに佇《たたず》んでいた。

改めて、少女の貌《かお》を見つめる。色を失った髪《かみ》。やつれた頰。記憶《きおく》の中にある『彼女』とは、似ても似つかない容貌《ようぼう》。

けれど、光を取り戻《もど》したその双眸《そうぼう》は。

怯《おび》えるように士道を見つめるその目は、確かに『彼女』のものだった。

「……十香──」

「…………っ」

士道が名を呼ぶと、十香は、小さく肩を震わせた。まるで、士道にその名を呼ばれることが大罪とでも思っているかのように。

そう。十香。夜刀神十香。

澪《みお》と琴里という例外を除けば、士道が初めて出会った精霊であり──

一年前、士道たちの目の前で、消滅《しょうめつ》してしまった、精霊。

この一年、彼女のことを考えない日はなかった。彼女のことを想わない日はなかった。

もっと彼女のためにできることがあったのではないかと後悔《こうかい》を繰《く》り返す日々だった。もう一度彼女に会えるのならば、どんな犠牲《ぎせい》も厭《いと》わないと思っていた。

その十香が、今、自分の目の前にいる。

その事実に、士道は泣き出してしまいそうになった。

「…………」

——だが、駄目《だめ》だ。唇を噛んで、荒《あ》れ狂《くる》う情動を抑《おさ》え込む。

そう。〈暴虐公《ナヘマー》〉を手にした際、染み込んできた情報から。

そして、十香にキスをした際、流れ込んできた朧気《おぼろげ》な記憶から。

士道は、気づいてしまっていた。

——今目の前にいる彼女は、十香であって、十香ではないのだと。

「……シドー……なのだな」

十香が、辿々《たどたど》しく呟いてくる。

「だが……私の知っているシドーでは……ない」

そして、士道が思っているのと同じ言葉を、継《つ》いだ。

「……ああ。どうやらそうらしい」

士道は、叫《さけ》び出したくなる衝動《しょうどう》をどうにか押し込め、そう答えた。

「ここは……俺の知ってる世界とは、少し違《ちが》う場所みたいだ」

顔を上げ、荒廃《こうはい》した風景を眺めながら、呟く。

〈暴虐公《ナヘマー》〉の傷を通ってやってきた、彼方の世界。

士道たちの世界から、ほんの少しだけ外れた領域。幾《いく》つかの選択肢《せんたくし》がずれた未来。

――ここはいわば、『並行世界』とでも呼ぶべき場所だったのである。

無論、荒唐無稽《こうとうむけい》な話ではあった。〈暴虐公《ナヘマー》〉によってもたらされた情報からそれを類推した士道も、驚《おどろ》かなかったといえば嘘《うそ》になる。

けれど、士道はそれを疑わなかった。――厳密に言うならば、士道が並行世界を体感するのは、これが初めてではなかったのだ。

そう。狂三の天使〈刻々帝《ザフキエル》〉。士道はその【一二の弾《ユッド・ベート》】で、折紙《おりがみ》の両親が折紙自身の手によって殺されてしまう最悪の世界をやり直した。

また、【六の弾《ヴァヴ》】で、澪によって精霊たちが蹂躙《じゅうりん》されてしまう未来を、やり直した。

それは言い方を変えれば、違う選択肢を選んだ世界へと移動した、と捉《とら》えることもできるだろう。

ここは、そんな可能性の世界の一つ。

十香が消滅していない代わりに、あのような変容を遂《と》げてしまった世界に他ならなかったのである。

「私、は……」

十香が、何を言ったらいいのかわからないというように視線を下に逸《そ》らす。

「……すまぬ。迷惑《めいわく》をかけた。到底《とうてい》謝って済む問題ではないとわかってはいるが……なんだか……随分《ずいぶん》と、長い夢を、見ていた気がする」

「……ん」

士道は、短くそう返した。口先だけで赦《ゆる》しを与《あた》えるのは簡単だ。けれど、それは逆に十香を苦しめる結果になってしまうだろうという確信があった。きっと十香が謝っているのは、士道に対してのみではなかったと思われたから。

「……なあ、十香。教えてくれないか。この世界で何があったのか。どうしておまえが……そんな姿になっちまったのか」

「…………」

士道が問うと、十香はしばしの逡巡《しゅんじゅん》のあと、辿々しく言葉を紡《つむ》いできた。

「詳《くわ》しいことは……覚えていない。頭に、靄《もや》がかかったような感じだ。だが……ああ、そうだ、もう、どれくらい前になるかすらわからないが――」

そして十香は、ぎゅっと士道の服の裾を握《にぎ》りながら、続けてきた。

「──シドーが……死んでしまった」

「────」

その、言葉に。

士道は、息が止まりそうになるのを感じた。

「俺、が……？」

確かにここは、士道の世界とは違う未来を辿《たど》った世界。そういう可能性も考えられないではなかった。

士道が驚愕《きょうがく》したのは、並行世界の己の死そのものよりも──それが原因となって、十香が、世界が、これほどの変容を遂げてしまったという事実だった。

「……うむ。……私は、悲しくて、辛《つら》くて、どうしようもなくなって……気づいたときにはもう、この姿に──なっていた」

その後も、十香は続けてきた。

途方《とほう》もないほどの絶望が心を満たしたこと。自分が真っ黒に塗《ぬ》り潰《つぶ》されていくような感覚に襲《おそ》われたことを。

──深淵《しんえん》から手を引かれるような反転の感覚も確かにあった。けれど十香の絶望はそれさえも呑《の》み込み、その規模を増していった。

絶望に鎧《よろ》われた十香は、もはやそれまでとは別の生物と成り果てた。

ただ荒れ狂う感情のままに爪《つめ》を振《ふ》るい、世界を切り裂《さ》く──獣《けもの》に。

そして、その凶刃《きょうじん》は、仲間である精霊《せいれい》たちにさえ、向けられた。

あらゆるものを殺した。

あらゆるものを消した。

あらゆるものを滅《めっ》した。

それで満たされるものなど、何もありはしないのに──

「……それが、この世界の顛末《てんまつ》だ。──私が滅ぼした、この世界の」

静かに、十香がそう呟《つぶや》く。

淡々しく、しかし簡潔な言葉で語られた滅《ほろ》びの記録。

彼女の表情は途方もない悲愴《ひそう》と自責の念、あとは幾ばくかの自嘲《じちょう》に彩《いろど》られており、それを見る士道の心臓を痛いほどに引き絞《しぼ》った。

「………そう、か」

士道は、微かな後悔とともに言葉を吐《は》き出した。この世界のことを知るために必要なことではあった。けれど、それを十香自身の口から説明させるのは、酷《こく》に過ぎたかもしれない。

そんな士道の様子に気づいたのか、十香が小さく首を横に振ってくる。

「……そんな顔をするな。必要なことだ」

「ああ……でも」

士道が言うと、十香はふっと表情を緩《ゆる》めた。どこか、昔を懐《なつ》かしむように。

「シドーは、どの世界でもシドーなのだな」

「……はは」

言われて、士道は曖昧《あいまい》に笑った。

十香が士道に、この世界の士道の面影《おもかげ》を見たように、士道の目にもこの十香の顔が、かつて見た十香のそれと被《かぶ》って見えてしまったのである。

「…………」

「ぬ？　どうしたシドー」

「あ、いや……」

士道は言葉を濁《にご》すと、もう一つ、気になっていたことを問うた。

「……そうだ。どうして十香は、俺たちの世界にやってきたんだ？」

「む……」

士道が訊《き》くと、十香は難しげな顔をしてあごに手を置いた。

「それは……わからぬ。目に見える景色を破壊《はかい》し尽《つ》くし、それでもまだ、慟哭《どうこく》は収まらなかった。それはなんとなく覚えている。……きっと、あのときの私は、もういないはずのシドーの匂《にお》いを求めていたのだろう。……もはや、それが何かさえ、自分でもわかっていなかったというのに」

「つまりは……俺の匂いを感じて、ってことか？　……俺の匂いって、世界を隔《へだ》てても感じるものなのか……？」

「むう……」

十香は眉《まゆ》をひそめながら考え込むと、しばしのあと、何かを思い出したかのように顔を上げた。

「呼ばれた……気がした……？」

そして、首を傾《かし》げながら、呟くように言う。士道も同様に首を曲げた。

「呼ばれた？　って……誰《だれ》に？」

「……わからぬ。……そもそも、曖昧な記憶の、さらに感覚的な話だ。ただ、声がしたような……見えない何かに導かれたような……そんな気がする」

「ふうん……」

士道が、よくわからないというように唸《うな》ると、十香は何かに気づいたように眉《まゆ》を揺らしてきた。

「シドーは……どうやって、この世界に？」

「ああ……〈暴虐公《ナヘマー》〉のおかげだよ。……全部、この剣が導《みちび》いてくれた」

言いながら、手にした剣の柄《つか》を強く握ってみせる。

すると〈暴虐公《ナヘマー》〉は、自分の役目は終わったと言わんばかりに——あるいは士道と十香の邪魔をするまいとでも言うように——その姿を消していった。

「……柄《つか》を握った瞬間、いろんなものが伝わってきた。最初は何が何だかわからなかったけど……きっと、『十香を助けてほしい』って訴《うった》えかけてきてたんだろうな。……ああ、いや、『十香を助けねば殺すぞ人間』って方が正しいか、あいつの場合」

「あいつ……？」

士道が苦笑しながら言うと、十香は不思議そうに眉根を寄せた。もしかしたらこちらの世界では、十香と天香《てんか》は直接顔を合わせていないのかもしれなかった。

「……ああ。傲岸《ごうがん》で、不遜《ふそん》で、おっかなくて——十香のことが大好きな、優しい神様のことさ」

「ふむ……」

十香は、士道の言っていることがわかるような、わからないような顔で首を傾げたのち、複雑そうに苦笑してきた。

「それが何者にせよ、感謝せねばならないな。おかげで私は、自分を取り戻すことができた。……少し、遅すぎたかもしれないが」

「十香……」

士道は胸を締め付けられるかのような痛みを感じながらも、細く息を吐《は》いた。

「俺も……感謝しないとな。おかげでまた、十香に会えた」

「……？　また……？」

士道の言葉に、十香が不思議そうに目を丸くする。

ああ、そうか。と士道は目を伏《ふ》せた。当然ではあるが、この十香は、士道の世界の十香のことを知らないのだ。

「俺も……自分の世界のことを話さないとな」

と、そこで士道は気づいた。傷つき、半裸《はんら》状態になった十香を、そのままにしてしまっていることに。

「……なあ十香。よかったら、場所を移さないか？　もっとちゃんと話がしたいし――」

言いかけて、士道は思い直した。

こういうとき、自分たちには、もっと相応《ふさわ》しい言葉があるように思えたのである。

「ああ……いや、違《ちが》うな。

――十香、俺と……デートしよう」

「………!」

十香は士道の言葉に、驚くように顔を上げると――

「……うむ」

微《かす》かにはにかみながら、そう答えてきた。


その物体を一目見て、高校の校舎であると見抜《みぬ》ける者は、恐《おそ》らくそういないだろう。

煤《すす》けた鉄骨とまばらな壁材《かべざい》で構成された、歪《いびつ》な四角形。幼児の手がけた粘土《ねんど》細工でも、もう少し正確に特徴《とくちょう》を捉えているだろうと思えるような様である。

とはいえそれでも、形を保っているというだけで、この死の大地においては特級の異常と言うことができた。――それがまったくの偶然《ぐうぜん》なのか、無意識のうちに十香が破壊を避《さ》けたのかはわからなかったけれど。

「これって、まさか……」

「うむ……私たちの通っていた、学校だ」

士道が呆然《ぼうぜん》と呟《つぶや》くと、十香がボロボロの校舎を見上げながらそう答えてきた。

そう。十香が、どうしても士道を連れて行きたい場所があるというので付いてきたのだが——到着した先がこの、来禅《らいぜん》高校跡地《あとち》だったのである。

「……なぜだろうな。もしもシドーとまた会うことができたなら、一緒にここに来たいと……そう、思っていたのだ」

「……っ」

十香の言葉を聞いて、士道は目を見開いた。

が、十香はそんな士道に気づいていない様子で、唸《うな》るようにのどを鳴らす。

「むう……すまぬ、上手く説明できないのだ。だが……」

「——いや、大丈夫。……わかるよ」

士道は十香の目を見つめながらそう言った。

士道にも、もし十香と再会できることがあったなら、一緒に行きたいところが、一緒にしたいことが、山ほどあったのだ。

「む、そうか……。ふふ——」

十香はどこか嬉《うれ》しそうに笑うと、士道の手を取ってきた。

「さあ、では行こう、シドー。目指すは屋上だ」

そしてそう言って、士道を引っ張りながら、廃墟《はいきょ》と化した校舎の中へと入っていく。

とはいえ、これだけの惨状《さんじょう》だ。廊下もボロボロなら、階段も満足に残っていなかった。

建物の状態は上階に行くに従って酷《ひど》くなり、最終的には辛《かろ》うじて残った鉄骨《てっこつ》を伝って、無理矢理屋上に這《は》い上がることになった。

「ふぃい……到着……」

頂上に辿り着いた士道は、息を吐きながら伸びをすると、辺りの景色を見回した。

地面にいたときより目線が高くなったからか、先ほどよりも広い範囲が見渡せるようになる。正確な時刻はわからなかったが、夜明けであることは確からしい。空が真っ赤に燃えるように色づき、太陽がなだらかな曲線《きょくせん》から半分ほど顔を覗《のぞ》かせていた。

「絶景……って言ったら悪いかな。でも……凄い景色だ」

「うむ……」

士道の感想に、十香がうなずきながら言ってくる。正面から朝日を浴びる彼女の様は、思わず息を呑《の》んでしまいそうになるくらい、美しかった。

「――おお、そうだ。大事なことを忘れていたぞ」

と、そこで、十香が何かを思い出したかのようにポンと手を打つ。

「大事なこと？」

「うむ」

十香はそう言って目を伏せると、頭の中に何かを思い浮《う》かべるような仕草をしたのち、パチンと指を鳴らした。

すると、その音に合わせるように、十香の身体が淡《あわ》く輝《かがや》いたかと思うと――彼女の纏《まと》っていたボロボロの霊装《れいそう》が、その形状を変えていった。

濃色《のうしょく》のブレザーに、折り目のはっきりしたプリーツスカート。白のブラウスの襟元《えりもと》を、赤いリボンが飾《かざ》っている。そして胸元には、Rの文字を意匠《いしょう》化したようなエンブレムが輝いていた。

「それは――」

士道は思わず目を丸くした。何しろそれは、今士道たちがいる来禅高校の制服だったのだから。

「随分久方振《ずいぶんひさかたぶ》りなものだから、少しうろ覚えな部分があるがな。――どうだ？」

言って十香が、その場でくるりと回ってみせる。その動きに合わせて、スカートがふわりと舞《ま》い上がった。

色を失った髪《かみ》や肌《はだ》などはそのままであるため、妙《みょう》にミスマッチな感じはする。けれどそんなもの、今士道の胸を満たす感慨《かんがい》の前では些末《さまつ》なことに過ぎなかった。

「……ああ、似合ってるよ。最高にな」

「ふふ」

十香は少し照れくさそうに微笑《ほほえ》むと、そのまま膝《ひざ》を折り、屋上の縁《へり》に腰《こし》かけた。

「──さあ、おまえの世界の話を聞かせてくれ」

「ああ──」

短く答えて、士道は十香の隣《となり》に座り込んだ。そして、十香の方に視線をやりながら、続ける。

「その代わり、おまえの話も聞かせてくれ。正直、興味津々《きょうみしんしん》だ」

「む……？　それは構わぬが、この世界の顚末《てんまつ》は、先ほど話した以上のことは──」

十香が、困ったように言ってくる。

士道はその言葉を途中《とちゅう》で遮《さえぎ》るように首を横に振《ふ》った。

「そうじゃなくて。──この世界の俺が、生きてた頃《ころ》の話さ。おまえと俺、そしてみんなの話を、聞かせてくれ」

「──！」

士道が言うと、十香は驚いたように目を丸くしたのち、「うむ！」と元気よくうなずいてきた。

そうして、士道は話し始めた。自分の世界での出来事を。

十香と出会った日のこと。

十香と過ごした日々のこと。

そして——十香が、消えてしまった瞬間のことを。

「なんと……」

十香は興味深そうに士道の話を聞いていたが、やがてそう言って目を見開いた。

「そちらの世界の私は、消えてしまっていたのか。そうか、だから——また、と」

先ほどの士道の言葉を思い起こすように目を伏せながら、十香が呟《つぶや》く。

思えば、不思議な光景ではあった。

十香を失った士道と、士道を失った十香。

そんな二人が、こうして並んで座りながら話しているだなんて。

「…………」

と、士道が奇妙な感慨《かんがい》に苦笑していると、十香が腕組みしながら首を捻《ひね》ってきた。

「しかし……むぅ、いくつかわからない点があるのだが、聞いてもいいか？」

「わからない点？　なんだ？」

「いや、或美島《あるびとう》というのは何のことだ？」

「え？」

十香の言葉に、士道は思わず目を丸くした。

「何って……修学旅行で行った島じゃないか。耶倶矢や夕弦と初めて会った……」

「む？　修学旅行は沖縄《おきなわ》ではなかったか？　耶倶矢と夕弦のサーターアンダギー早食い対決は目を見張る熱戦《ねっせん》だったぞ。……私が二人よりたくさん食べてしまったのでノーゲームになったようだったが」

「……そ、そうなのか？」

士道は頭に疑問符《ぎもんふ》を浮かべながら返した。確かに最初の予定地は沖縄だったが、ＤＥＭの工作によって或美島に変更になったはずだ。

「それに、天央祭《てんおうさい》でやったのは、メイドカフェではなく猫耳喫茶《きっさ》だったろう」

「えっ、そんなところも違うのか？」

「うむ。シドーではない女が大人気でな。ステージにも猫耳を付けたまま上がったぞ？」

「そこは違わないのかよチクショウ！」

士道は思わず頭を抱《かか》えた。それを見て、十香がくすくすと笑う。

「他にもいろいろとあるぞ。たとえば――」

十香は記憶を探《さぐ》るように指をくるくると回し、思い出を語り始めた。

士道の記憶とは少し異《こと》なる、十香と士道の物語を。

やはり並行世界というべきか、こちらの世界は、士道の世界とは少し違う道を辿《たど》っているようだった。七罪が化《ば》けていたのは夕弦だったし、二亜との対決の際に皆が着たのはバニーではなくナースだった。折紙は精力剤にスッポンよりもオットセイを頻用《ひんよう》していたし、童話《どうわ》の世界で士道が変貌《へんぼう》していたのは白雪姫という始末《しまつ》だ。そして――

どんな道を辿っても、十香は士道のことが、士道は十香のことが、大好きだった。

――やがて、昇《のぼ》りかけていた朝日が完全にその姿を現し、大地を照《て》らしていく。

「――――」

そこで、士道は気づいた。

十香の頬に、ぽたぽたと涙が伝っていることに。

「と、十香。どうした？　俺、何かまずいことでも言ったか？」

「あ――いや、違《ちが》うのだ。すまぬ……」

十香は制服の袖《そで》で目元を擦《こす》ると、どこか遠い目をしながら、地平線を見つめた。

「……ただ、そちらの世界の私は、凄いなと思ってな。シドーを助け、皆《みな》を救い、獅子奮《ししふん》迅《じん》の大活躍だ。本当に……私などとは、比べるべくもない」

そして、悲しそうな声で、そう呟《つぶや》く。

「…………」

自らの破《は》壊《かい》してしまった大地を眺《なが》めなるその姿が、あまりに痛ましくて。

士道は、胸の裡《うち》に、ある思いを抱《いだ》いてしまった。

「――十香」

「む……どうした、シドー」

士道が名を呼ぶと、十香は不思議そうな顔をしながら士道の方を向いてきた。

士道はすうっと息を吸うと――決意とともに、その言葉を発した。

「俺たちの世界に、来ないか？」

「……っ⁉」

十香が、驚くように肩を震《ふる》わせる。それこそ、まるで雷にでも撃たれたかのように。

が――彼女はやがてゆっくりと、首を横に振ってきた。

「……今までの話でわかったろう。私は、そちらの世界の十香とは違う。私などでは、おまえの十香の代わりにはなれな――」

「違う」

士道は、十香の目を見つめながら、十香の言葉を遮《さえぎ》るように言った。

「おまえを十香の代替物《だいたいぶつ》だなんて思ってない。ただ、おまえをおまえとして——一人の精霊として、助けたいと思っただけだ」

「……っ」

十香が、小さく息を詰《つ》まらせてくる。

士道は、頰をかきながら「それに」と続けた。

「何より俺は……いつかまた、十香と会うつもり満々だしな。そのとき、おまえを十香の代わりに思ってたりなんかしたら、こっちの十香に怒られちまうだろ？」

「——」

士道の言葉に、十香は目をまん丸に見開くと——

「……ふ、はは、ははは——っ」

やがて、堪《こら》えきれないといったように笑い始めた。

「な、何だよ。別におかしなことは言ってないだろ？」

「ふ……ああ、そうだな。すまぬ。——だが、私は精霊だぞ？　精霊がいなくなったというそちらの世界では、私が暴走したとき抑《おさ》えようがないのではないか？」

「万が一そんなことが起こったとしても——俺が、俺たちが、止《と》めてみせるさ」

「ふむ、私も舐《な》められたものだな」

「はっ、つい数時間前、俺たちにしてやられたやつの台詞《せりふ》とは思えないな」

「うぐ」

士道の言葉に、十香が痛いところを衝《つ》かれた、というように口ごもる。だがすぐに気を取り直すように咳払《せきばら》いをし、なおも続けてきた。

「あんなことが、そう何度も上手くいくと思っているのか、ということだ。……皆は確かに凄《すご》かったが、次も同じ結果が得られるとは限らない。それに、私はシドーの死に絶望してあの姿になってしまったのだ。もしもおまえが目の前で死んでしまったなら――」

「何言ってやがる。確かに〈灼爛殲鬼《カマエル》〉の治癒《ちゆ》能力はもうないけど、精霊はもういないし、DEMも骨抜《ほねぬ》き状態で、積極的に俺の命を狙《ねら》ってくるやつはいない。不慮《ふりょ》の事故や疾病疾患《しっぺいしっかん》に関しては、〈ラタトスク〉の二四時間監視《かんし》サポートで、即死《そくし》以外は即座《そくざ》に解決！　何なら、今地球上で一番死にづらい自信さえあるぞ俺は！」

「む、むう……」

十香が困惑《こんわく》するような顔をしながら唸《うな》り声を上げる。

「や、やはり駄目《だめ》だ。私は皆を傷つけてしまった。今さら、合わせる顔がない」

「おっと、そっちの世界の精霊たちは、そんなこと気にするようなやつらだったのか？」

「む……だが――」

そんなやり取りをしながら――士道は不思議な既視感《きしかん》を覚えていた。

あれは今からおよそ二年前。十香と初めてデートした日の夕暮れ時のことだ。

今まで破壊するのみだった街並みを間近に見て、十香は己のしてきたことを悔《く》いていた。

自分はこの世界にいない方がいいのではないかと、思い悩《なや》んでいた。

そんな十香に、士道は告げたのだ。

――ここに、いてもいいのだと。

「たとえ、おまえ自身がおまえを否定しようが――」

士道は、あのときのように十香に手を伸《の》ばすと――

「それよりも強く、俺がおまえを、肯定《こうてい》する……ッ！」

その目を見つめながら、そう叫《さけ》んだ。

「――――」

その言葉を受けて、十香は小さく息を詰まらせると、やがてふっと目を伏《ふ》せた。

「……ふ。そんなことを言われたのは、初めてだな」

どうやら、この世界においては、士道の言葉は別のものだったらしい。こんなところでも士道は、目の前の十香と、記憶の中の十香との違いを感じさせられた。

けれど、それを受けた十香の表情からは、今の今まであった迷いのようなものが、綺麗《きれい》に消えていた。

「ありがとう、シドー。……腹が決まった。私は――」

十香が、ゆっくりと目を開けながら言ってくる。

だが。

「――おまえの世界には、行かない」

十香の口から発されたのは、そんな、拒絶《きょぜつ》の言葉だった。

「……っ、なんでだ？　まだ何か問題が――」

士道が渋面《じゅうめん》を作りながら問う。が、十香はゆっくりと首を横に振《ふ》った。

「違うのだ。おまえの提案はとても嬉《うれ》しい。そちらの世界でもう一度皆と生きられたなら、それはどんなに素敵なことだろうと思う。だが……」

十香は小さく息を吐《は》くと、その場に立ち上がった。

「――私の世界は、ここなのだ。ここでシドーと出会い、ここでシドーと生きた。シドーとの思い出が残るこの世界を、捨てることは、できない」

「――――っ」

十香の、言葉に。

今度は、士道が息を呑んだ。

そしてたっぷり数秒をかけて、長く息を吐き出し、顔を上げる。

「……そうか。……うん、そうだな」

「うむ……すまぬ。せっかくの申し出を」

「気にするなって。──多分、俺がおまえでも……そう考えると思う」

「ふ──」

十香は小さく微笑《ほほえ》むと、その場に立ち上がった。

「ならば、あまりおまえの時間を、私に使わせてしまうわけにはいかないな」

「え？」

「こちらの世界の問題に、これ以上おまえを巻き込むわけにはいかない。

それにおまえは──そちらの私に、もう一度会うのだろう？　なら、こんなところで立ち止まっている暇《ひま》はないはずだ」

そしてそう言って、右手を横に掲《かか》げる。

「〈鏖殺公《サンダルフォン》〉」

十香は手の中に金色《こんじき》の大剣《たいけん》を顕現《けんげん》させると、虚空に三日月形の傷を生じさせた。

世界間を隔《へだ》てる見えざる壁《かべ》。そこに僅《わず》か開いた空隙《くうげき》。士道がこちらの世界にやってきたときと同じものである。

それを見て、士道は否応《いやおう》なく理解した。もう、終わりの時間が来たのだと。

十香が、ゆっくりと士道の方に向き直ってくる。

「おまえならば、きっと会える。わかるのだ。——私も、十香だからな」

「——、ん、なら間違いないな」

士道はその頼もしい言葉に破顔《はがん》すると、その場に立ち上がり、十香に向き直った。

すると、十香が優しい笑みを浮かべながら言ってくる。

「さらばだ、我が友。我が親友。私は生涯《しょうがい》、おまえを忘れることはないだろう」

「ああ。俺もさ。——じゃあな、十香」

あまりにもあっさりした別れ。名残惜《なごりお》しさがないといえば嘘《うそ》になる。

けれど、きっとこれでいいのだ。

士道は至極気安い調子で十香に手を振ると、空間の傷にその身を投じようとし——

「——待て」

不意《ふい》に伸びてきた十香の手によって、その足を止められた。

「え——?」

突然のことに、思わず目を丸くする。

それはそうだ。何しろ十香は士道の襟元《えりもと》を摑むと、そのまま自分の方にぐいと引き寄せ、唇《くちびる》に限りなく近い頰に、キスをしてきたのだから。

「――――」

数秒のあと。十香は士道の頰から唇を離すと、ふっと微笑んでみせた。

「続きは、そちらの十香にしてもらえ」

士道が呆気《あっけ》に取られていると、十香は笑みを濃《こ》くし、士道の身体を、空間の傷へと押し込んだ。

◇

「……は……」

次の瞬間、士道の視界《しかい》にあったのは、荒涼《こうりょう》たる死の大地でも崩《くず》れかけた校舎でもなく、やたらと近未来的な天井《てんじょう》だった。

一拍《いっぱく》置いて襲い来る強烈な目眩《めまい》の中、どうにか自分の状況を把握《はあく》する。

直立はしていない。十香に押された姿勢のまま、仰向けに倒れ込んでいる。が、不思議と背中に痛みはなかった。落下したような感覚はあったものの、何やら柔《やわ》らかいクッションに受け止められたかのような感触《かんしょく》が背にあったのである。

「………?」

それらを認識してからようやく、士道は周囲の人影と、背の下から響《ひび》くうめき声に気づいた。

「……おかえりなさい。早速で悪いけど、退《ど》いてくれない?」

その声に従《したが》い、寝返《ねがえ》りを打つ要領《ようりょう》で横に転がる。すると、今の今まで士道の下敷《したじ》きになっていたと思《おぼ》しき琴里が、額《ひたい》を押さえながら身を起こした。今はもうその身に霊装は纏《まと》っておらず、真紅《しんく》のジャケットを肩掛《かたが》けにしている。

それだけではない。周りには、折紙、二亜、狂三、四糸乃、六喰、七罪、耶俱矢、夕弦、美九と、元精霊の少女たちが勢揃《せいぞろ》いしていた。少し離れた場所に、マリアや神無月《かんなづき》、他の〈フラクシナス〉クルーたちの姿も見受けられる。皆、何らかの作業に勤《いそ》しんでいた様子だったが、突然現れた士道に驚いてか、ぽかんとした表情を作っている。

そう。どうやら空間の傷に押し込まれた士道は、世界間の壁を通って、〈フラクシナス〉の艦橋《かんきょう》に落下してきたらしかった。

偶然《ぐうぜん》……ということはないだろう。並行世界の十香が気を利《き》かせてくれたのか、士道自身が縁深《えんふか》い場所に自動的に引き寄せられたのかはわからなかったけれど。

「……士道！」

「主様《ぬし》――」

「士道さん！」

数秒の間を置いて、少女たちも状況を理解したのだろう。肩を震《ふる》わせ、駆け寄ってくる。

士道は目眩を抑えるように側頭部に手を当てながらも、笑顔でそれを迎えてみせた。

「……心配かけたな、みんな。ただいま」

士道が言うと、少女たちは安堵《あんど》したような表情で、口々に「おかえりなさい」と言ってきた。

そしてそれらが終わるのを待ってから、琴里が問いを発してくる。

「──それで。どうだったの、士道」

「……ああ──」

士道は目を伏せながら小さくうなずいた。

いろいろと説明せねばならないことは多い。皆も、彼女の話を聞きたいだろう。

けれど、今言わねばならないのは、そんな言葉ではないように思われた。ふっと微笑みながら、呟くように言う。

「短いけど……いいデートだったよ」

そして――

また、四月がやってくる。

うららかな春の陽気は、暁《あかつき》を覚えぬ眠《ねむ》りを誘《さそ》うのに十分な威力《いりょく》を誇《ほこ》っていた。少なくとも、今朝方寝坊《ねぼう》しかけた士道が、琴里と六喰《むくろ》の連合軍によって寝床《ねどこ》に襲撃《しゅうげき》を受けてしまうくらいには。……士道を起こすのが目的であるはずなのに、二人ともベッドに至るまでは足音を殺しているのだからまた始末が悪い。

ちなみにその際使用されたガムテープと猫《ねこ》じゃらしは、五河《いつか》家安眠《あんみん》保護条約に抵触《ていしょく》する非人道兵器であるため、厳しく追及《ついきゅう》していく方針である。なお主犯は「寝惚《ねぼ》けてて見間違《みまちが》えたんじゃない？」と使用を否認していた。

まあ、とはいえ時間通り起こしてもらったこと自体には感謝せねばなるまい。

その日、朝の五河家は、いつにも増して慌《あわ》ただしかったのである。

「――はいよ、ベーコンとたまごペーストあがり。そっちにレタスとかトマトとかチーズあるから、好きなの好きなだけ挟《はさ》んで好きに食べてくれ。あ、バターとかジャムはそこ、トーストしたい場合はオーブンとトースターを順番に使ってな」

言いながら士道が、ベーコンとたまごの載《の》った皿をテーブルに置く。すると次の瞬間《しゅんかん》、左右から伸びたスプーンや箸《はし》が、瞬《また》く間に皿の上の食材を攫《さら》っていった。

「ぬわーっ！　二亜ちゃんのカリカリベーコンがぁーっ！」

「くかか！　甘い、士道の自家製イチゴジャムより甘いぞ二亜！　そのようなスピードでカリカリベーコンが食せると思うたか！」

「臨戦。朝食は戦場です。口に入るまで結果はわかりません」

「って、私のパンの上からベーコン盗《ぬす》もうとしないでくんない⁉」

などと、熱い戦いが繰《く》り広げられる。

それもそのはず。今五河家には、折紙、二亜、狂三、耶倶矢《かぐや》、夕弦《ゆづる》、それにマリアのインターフェースボディが勢揃《せいぞろ》いしていたのである。

普段《ふだん》から、夕食どきになると自然と五河家に集まってくる面子《メンツ》ではある。が、朝は皆《みな》仕事や学校があり、各自自宅で済ませることが多かったため、この時間から五河家に揃《そろ》うのは珍《めずら》しいことではあった。

必然、朝食もいつもより大量に必要となったため、パンに自分の好きな具材を挟む、オリジナルサンドイッチ方式を採《と》っていたのである。

が、図らずもそれが皆（主に八舞《やまい》姉妹と二亜）のハートに火を点《つ》けてしまったらしかった。

「ほらほら、落ち着いて食べろって。まだまだおかわりはあるから」

士道が苦笑しながら言うと、それに合わせるように、エプロンを着けたマリアがこくこくとうなずいてきた。

「そうですよ。耶倶矢も夕弦ももう大学生なのですから、少しは大人になってください。あまり落ち着きがないと、二亜みたいになってしまいますよ」

「どーゆー意味だロボ子こらー！」

マリアの言葉に、二亜がわかりやすくぷんすかと憤《いきどお》る。

すると耶倶矢と夕弦がこくりとうなずき合ったのち、姿勢を正して椅子《いす》に座り直した。

「ごめん夕弦。ベーコン半分あげる」

「謝罪。夕弦こそ大人げありませんでした。たまごも半分こしましょう」

「えっ、なんでそこで急に綺麗なかぐやんゆづるんになっちゃうの⁉」

二亜が悲鳴じみた声を上げる。耶倶矢と夕弦はあははと笑い合うと、作り上げたサンドイッチを口に運んだ。

ちなみに耶倶矢は具を欲張《よくば》りすぎたためか、サンドイッチを齧《かじ》った瞬間、パンのお尻《しり》から大半の具が皿にだばぁしていた。それを見て、夕弦が堪《こら》えられないといった様子で笑いを漏《も》らす。

と、そこで、マリアと同様、エプロンを着けて士道の手伝いをしてくれていた折紙と狂三が、お盆《ぼん》を持ってテーブルに歩いていった。

「あなたたちには野菜が足りない。サラダも食べるべき」

「スープもありますわよ。わたくしの特製ですわ」

言って、テーブルにサラダとスープを並べていく。二亜たちはおおっと色めき立ち、二人の料理に舌鼓《したつづみ》を打っていった。

「ん、手伝ってくれてありがとうな、折紙、狂三。助かったよ」

「構わない。これくらい当然のこと」

「ええ、ええ。やはり士道さんのお側《そば》に立つには、この程度こなせませんと」

折紙が静かに、狂三が楽しげに言う。二人はどちらからともなく視線を交じらせると、そのまま数瞬《すうしゅん》の間見つめ合った。なぜだろうか、二人とも表情は変わっていないのに、なぜか背筋が冷える士道だった。

すると二人を宥《なだ》めるように、マリアがまあまあと手を広げる。

「落ち着いてください二人とも。『手伝ってくれてありがとう』と言われる段階で、当たり前に共同作業をしているわたしの後塵《こうじん》を拝していることくらいは自覚して欲しいものです」

「…………」

まったく宥めていなかった。むしろ煽《あお》っていた。三つ巴《どもえ》になってしまった視線の応酬《おうしゅう》を間近に見ながら、士道は力なく苦笑した。

──と。

そこで、リビングの扉《とびら》がコンコン、とノックされ、皆の視線がそちらに注がれる。

どうやら、『準備』ができたらしい。

そう。今ここにいる彼女らは、別に五河家に朝食を食べるためだけに来たのでもなければ、熱いバトルを繰り広げに来たわけでもない。──今日ここで披露《ひろう》される『あるもの』を見に、集まっていたのである。

「いいぞ。入ってきな」

士道が言うと、それに合わせるように扉が開き、そこから、五人の少女たちが入ってきた。

「じゃーん、登場！」

「ふふ……なんだか、ちょっぴり恥《は》ずかしいです」

「……うん、こうやって注目されると超《ちょう》ハズい……」

「むふ。よいではないか。皆が着ているのを見て、ずっと憧《あこが》れていたのじゃ」

「ですね。兄様や折紙さんといえば、この格好でしたし」

琴里、四糸乃《よしの》、七罪《なつみ》、六喰、そして士道の実妹である、真那《まな》。

全員が、来禅高校の制服をその身に纏《まと》い、誇らしげに、或《ある》いは少し恥ずかしそうにしながら、そこに整列する。

そう。今日四月一〇日は、ここにいる五人が高校生になる、入学式の日。

そこで、新たな学舎《まなびや》に向かう前に、制服姿のお披露目会をしようと、皆で朝早くから五河家に集まっていたのである。

「おおー、いいじゃんいいじゃん。よく似合ってるよみんな！」

「うふふ、可愛《かわい》らしいではありませんの。——特に真那さん。まるで女子高生のようですわ」

「ふ……来禅か……何もかも皆懐《みななつ》かしい……」

「指摘《してき》。夕弦も耶倶矢も、つい二週間くらい前まで普通《ふつう》に着ていましたが」

リビングにいた面々が、ぱちぱちと手を叩《たた》きながら口々に言う。制服を着た少女たちが、照れくさそうに頬《ほお》を染めた。——まあ一部、狂三の言葉に青筋を立てる真那のような例外もいるにはいたのだけれど。

「で、どう？　おにーちゃん？」

と、琴里が、可愛らしいポーズを取りながら問うてくる。士道はこくりとうなずきながら、素直な感想を述べた。

「ああ、すごく似合ってるよ。みんなと一緒《いっしょ》に高校に通えなかったのが残念なくらいだ。そうしたらクラスメートに、可愛い妹がいるって自慢《じまん》できたのに」

「ふふ……今からでも遅《おそ》くないわよ。出席日数足りなかったってことにしておく？」

琴里がほんのり頬を染めながらも、悪戯《いたずら》っぽく微笑《ほほえ》みながら言う。その様は、無邪気《むじゃき》な妹のようでもあり、強《したた》かな司令官様のようでもあった。

「おいおい……勘弁《かんべん》してくれよ」

士道はやれやれと苦笑した。別にその言葉に嘘はなかったが、また一から受験をやり直すのは遠慮《えんりょ》願いたいところだった。

「————」

と——そこで折紙がぴくりと眉《まゆ》を揺《ゆ》らし、窓の方を見る。士道は不思議に思ってそちらに目をやった。

「ん？　どうした、折紙」

「何かが来る」

「え？」

士道が目を丸くすると、次の瞬間、リビングの窓がガラッと開き、何者かが侵入《しんにゅう》してきた。

「きゃぁぁぁぁぁぁぁぁぁぁぁ――――ッ！　まさかここが噂《うわさ》の天国《パラダイス》ですかぁ⁉　制服姿の天使がお出迎《でむか》えですぅ！　とりあえず皆さん私を取り囲んでおしくらまんじゅうしてもらってもよろしいですかぁぁぁぁぁッ⁉」

その謎《なぞ》の影《かげ》が美九であることに気づいたのは、彼女が制服組に向かって飛びかかったあとだった。

が、結果的に言えば彼女が制服の少女たちのもとに至ることはなかった。八舞姉妹が両側から伸《の》ばした足に躓《つまず》いた美九は、そのまま頭からソファにボスッとダイブしてしまったのである。そののち、琴里のチョップが脳天に落とされる。

「ぐえっ」

「毎度のことながら何やってるのよ、もう。……っていうか、美九は今日向こうで仕事じゃなかったっけ？」

琴里が腕組《うでぐ》みしながら言う。そういえば美九の装いは、煌びやかな衣装の上にコートを一枚羽織《はお》っただけの格好だった。

そう。美九は結局海外進出を決め、今月から活動拠点《きょてん》をアメリカに移していたのである。

「——はい！　でも次の出番までちょっと時間があるので、マッハで飛んできましたぁ！　皆さんの制服お披露目会を見逃《みのが》すわけにはいきませんからねー！」

美九が、もの凄《すご》くイイ顔をしながらグッと親指を立ててみせる。……そう。なんとも驚《おどろ》くべきことに、アメリカ進出を果たしたにもかかわらず、彼女が五河家に遊びに来る頻度《ひんど》は、今までとほとんど変わっていなかったのである。

マリアが、ため息とともに肩《かた》をすくめる。

「顕現装置搭載《リアライザとうさい》の小型艇《てい》をタクシー代わりに使うのは止《や》めていただきたいものですね。一応最高機密なのですが、あれ」

「あぁん、マリアさぁん！　毎回ありがとうございますぅ！　お代はキッスでいいですかぁ!?」

美九が、悪びれた様子もなく身をくねらせる。マリアがもう一度息を吐《は》いた。

「はは……でもこれなら、そこまで海外進出を渋《しぶ》ることもなかったんじゃ……」

「ぬぁにを言ってるんですかだーりん！」

士道が言いかけると、美九がバッと向き直り、詰め寄ってきた。

「いくらラタトスクの小型艇《てい》を使わせていただいているとはいえ、今までより移動時間が一五分も多くかかっちゃってるんですよぉ!? 一年で一体どれだけのロスになると思ってるんですかぁ!? それはそれとしてだーりん！ 近くで見るとやっぱり肌綺麗《はだきれい》ですね！すりすりしてもいいですか!?」

「……そ、そうか……ごめん」

謎の迫力《はくりょく》に圧《お》されて、士道はなぜか謝ってしまった。なんだか終盤《しゅうばん》は話が脱線《だっせん》していた気もするが、たぶん気のせいだろう。

そんな様子を見てか、琴里がやれやれと苦笑した。

「まあ、忙《いそが》しい中駆《か》けつけてくれたのは嬉《うれ》しいわ。ほら、よしよし」

言って、琴里が美九の頭を撫《な》でる。すると、美九が感激《かんげき》したように、ぶわっ！と涙を流した。

「！ こ、琴里さぁん！ そんな、とんでもないですぅ！」

美九が感涙《かんるい》に噎《むせ》び泣きながら、琴里にはしっ、と抱《だ》きつく。が、その手の動きがやたらといやらしかったものだから、すぐにもう一度チョップを食らっていた。

「まったく……」

琴里は大きくため息を吐くと、気を取り直すように皆の方を向いた。

「──さ、じゃあ私たちも朝ごはんいただきましょ。まだ時間に余裕《よゆう》はあるけど、いつまでも遊んでたら遅刻《ちこく》しちゃうわ」

『はーい』

琴里の声に従い、新高校一年生たちもまた席に着く。さすがにこの人数はダイニングに収まらないため、リビングのテーブルも併用《へいよう》していた。ついでに美九もまだ時間があるらしく、七罪と六喰の間の席に無理矢理割り込んで、幸せそうな顔をしていた。

「……おや？」

と、そのときである。

マリアが微《かす》かに表情を変え、顔を上げたのは。

「どうかしたの？　マリア」

「──、〈フラクシナス〉の観測機が、また霊《れい》波のような反応を感知したようです。微弱《びじゃく》なものなので問題はないと思いますが……一応ご確認いただけますか？」

「なんですって？」

マリアの言葉に、琴里が眉をひそめる。それに合わせて、皆《みな》の表情にも微かな緊張《きんちょう》が広がった。

「霊波反応……って、まさかまた〈ビースト〉じゃないわよね……」

七罪が頬に汗《あせ》を滲《にじ》ませながら問う。するとマリアが「無論です」と返した。

「並行世界の精霊《せいれい》などというイレギュラー中のイレギュラーが、そうそう現れるとは思えません。それに——彼女はもう、自分を取り戻《もど》したのでしょう？」

マリアが、士道に視線を向けながら言ってくる。士道は深く首を前に倒《たお》した。

「ああ。あいつは——十香は、もう無作為《むさくい》に暴れたりはしない」

士道の言葉に、少女たちが複雑そうな表情を作る。

〈ビースト〉——並行世界の十香との顚末《てんまつ》は、士道がこの世界に戻ってきてからすぐに、皆に話していた。

彼方《かなた》の世界では、士道が既《すで》に死んでしまったらしいこと。

それを見た十香が絶望に囚《とら》われ、世界を破壊《はかい》し尽《つ》くしてしまったこと。

そして正気に戻ったあとも——彼方の世界に残ると決めたことを。

それを聞いた際の皆の反応は様々であったけれど、全員に共通していたのは、十香を懐《なつ》かしむ気持ちと——正気に戻った彼女と、ほんの少しでもいいから話したかった、という思いだった。

『…………』

つい先ほどまで賑《にぎ》やかだった空気が、不意にしんみりとしてしまう。

そんな雰囲気《ふんいき》を払《はら》おうとしてか、琴里が少し大きく咳払《せきばら》いをした。

「了解《りょうかい》よ。まだ時間はあるし、念のため〈フラクシナス〉に寄ってから行くわ。みんなは先に行っててちょうだい」

「わかりました。でも……」

「大丈夫《だいじょうぶ》でいやがりますか？　もし必要なら、真那たちも同行しますが」

皆の言葉に、琴里はヒラヒラと手を振《ふ》って応えた。

「大丈夫よ。私も、入学式から遅刻なんて伝説は作りたくないし」

冗談《じょうだん》めかすように琴里が言って、肩をすくめる。その調子に、皆の表情がまた柔《やわ》らかくなった。

それを見て、士道は気を取り直すようにふうと息を吐くと、皆の顔を見渡《みわた》しながら声を発した。

「まあ、とにかくまずはご飯だ。──十香もよく言ってたろ？　何をするにしても、お腹《なか》が減ってちゃ力が出ないって」

「ふふ……確かにその通りですわね」

「まあ、十香の場合は少々極端《きょくたん》じゃったがの」

皆がふっと頬を緩《ゆる》める。士道は大きくうなずくと、小気味いい音を立てて両手を合わせた。

「──いただきます！」

『いただきます！』

五河家に、元気のよい声が響《ひび》き渡《わた》った。

◇

限りなく凹凸《おうとつ》の少なくなった大地を、湿《しめ》り気を帯びた風が吹《ふ》き抜《ぬ》ける。

「……む」

一人、海を望む場所で水平線を見つめていた十香は、ふと小さく眉を揺らした。微かな変化。頰《ほお》を撫でる風の感触《かんしょく》が、数日前よりも僅《わず》かに暖かくなっている気がしたのである。

正確な日時など確かめようがなかったが、きっと今、季節は春なのだろう。まあ、先日の奇跡《きせき》のような出会いが、十香の心に温もりを取り戻してくれたから——などという素敵な理由も、幾分《いくぶん》かはあるのかもしれなかったけれど。

——並行世界の士道との逢瀬《おうせ》から、およそ二週間。十香はあれから、一人、荒廃《こうはい》した大地を巡《めぐ》っていた。

僅か二週間。けれど、新たな発見は山ほどあった。自我を失っていた時代には気づけなかったことが、この世界には溢《あふ》れていた。

もっとも大きな発見は——人間の存在だ。

精霊の力が暴威《ぼうい》を振るった世界で、しかし人間たちは、未《いま》だ多数生き残っているらしかった。日本から遠く離《はな》れた国々は言うに及《およ》ばず、十香の被害《ひがい》の直撃《ちょくげき》を受けた地域でさえ、地下に潜《もぐ》って生き延びている人々の存在を確認することができたのだ。

考えてみれば、自我を失っていた十香は、世界を滅《ほろ》ぼそうと、或《ある》いは人類を絶やそうとして暴れ回っていたわけではない。無造作で雑な破壊の目をかいくぐった者たちがいるのも、当然といえば当然のことではあった。

世界は、十香が思っているよりも広大で。

人間は、十香が思っているよりも強《したた》かだった。

そんな当たり前の事実が妙《みょう》に嬉しくて、十香は生きている人間を見つけたとき、思わず涙《なみだ》を滲ませてしまった。

とはいえ、精霊の存在が秘匿されていたあの頃《ころ》とは違《ちが》う。今や十香の存在は、世界中で恐怖《きょうふ》の象徴《しょうちょう》となっていることだろう。そんな十香が大手を振って寄っていくわけにもいかなかった。

「さて、ならば、何をすべきか」

十香は小さく呟《つぶや》くと、ぐぐっと伸びをした。

自我を取り戻したとき。己のしたことを自覚したとき。ただ朽《く》ち果てることこそが唯一《ゆいいつ》の贖罪《しょくざい》であるのかもしれないと考えもした。

けれどそんな結末を選んでは、あのとき手を伸ばしてくれた並行世界の士道に申し訳が立たない。自分にできることが、何かあるはずだ。時間はいくらでもある。まずはそれを考えて――

「――あら、あら。
しばらくお会いしないうちに、晴れ晴れとしたお顔になられましたわね」

と。

「――っ」

その瞬間《しゅんかん》、突然《とつぜん》そんな声が響いてきて、十香は後方を振り向いた。

そこに広がっているのは、全てを圧《お》し潰《つぶ》したような瓦礫《がれき》の大地。身を隠《かく》す場所などありようがない。こんな声が届く距離《きょり》まで、十香に気づかれずに接近することなどできるはずがなかった。

そう――突然、影《かげ》の中から現れでもしない限りは。

「な……っ」

十香は大きく見開いた目で、その女の容貌《ようぼう》を睨《ね》め付けた。

まさに影を具象化したような喪服《もふく》を纏《まと》った、不気味な女である。袖口《そでぐち》から伸《の》びる手や、襟元《えりもと》から覗《のぞ》く肌《はだ》は抜けるように白く、衣服の黒をより際立たせている。服に合わせたような漆黒《しっこく》の日傘《ひがさ》を差しているため貌《かお》の全容を見取ることはできなかったが、薄《うす》い唇《くちびる》が、妖《あや》しい笑みの形に歪《ゆが》んでいることだけはわかった。

その不吉《ふきつ》な容貌に、思わず身を強《こわ》ばらせる。そんな十香の様子を感じ取ったのか、女がさらに笑みを濃《こ》くした。

「うふふ、最強の精霊さんに警戒《けいかい》していただけるだなんて、身に余る光栄ですわね」

「……一体、何者だ。死神か……さもなくば地獄《じごく》からの使者というところか？」

十香は眉根《まゆね》を寄せると、吐《は》き捨てるように言った。──もし本当にそうならば、神とやらは随分《ずいぶん》と気が利いている、と自嘲《じちょう》を込めて。

しかし、女は可笑《おか》しそうに笑うと、ゆっくりと日傘を持ち上げていった。

「死神だなんて、心外ですわね。どうせならば──天使、とでも呼んでくださいまし」

「……！　おまえは──」

その顔を見て、十香は息を詰《つ》まらせた。

ゆったりと肩口《かたぐち》で一つに纏《まと》められた艶《つや》やかな黒髪《くろかみ》。作り物のように端整《たんせい》な面《おもて》。

──そして、時計の文字盤《ばん》が刻まれた左目。

十香の記憶《きおく》にある姿よりも少し歳《とし》を経、匂《にお》い立つような色香《いろか》を纏ってはいたものの──

間違《まちが》いない。間違えようがない。

「狂三——？」

そう。時崎《ときさき》狂三。かつて最悪の精霊と呼ばれた少女。

だが、そんなはずはない。十香は表情を困惑《こんわく》の色に染めた。

「馬鹿《ばか》な、おまえは死んだはずだ。他でもない、この私が……殺してしまった、はずだ」

十香の言葉に、狂三は面白がるような笑みを浮《う》かべた。

「一体誰《だれ》に仰《おつしや》っておられますの？　わたくし、偶然《ぐうぜん》にも似た顔をした方が多いもので。どなたかと勘違《かんちが》いなさったのではありませんの？」

「……っ！　だが、確かに〈刻々帝《ザフキエル》〉は私の『剣《けん》』に——」

言いかけて、十香は言葉を止めた。

自我を失っていたあのときは気づかなかった違和感《いわかん》。『剣』となった天使たちの中で、〈刻々帝《ザフキエル》〉のみが、妙にその霊力《れいりよく》が弱かったのである。

それこそ——まるで、半分の力しか備わっていないかのように。

「——きひ、ひひ」

当惑《とうわく》する十香を楽しそうに眺《なが》め、狂三が笑い声を漏《も》らす。

「ずっと、ずっと待っていましたわ、十香さん。あなたが正気を取り戻すのを。——まあ、救いの手をもたらしてくれたのが、並行世界の士道さん……というのは、さすがに予想外でしたけれど。

――さて、十香さん。別にわたくしは世間話をしにきたのではありません。あなたに、提案をしにきたのですわ」

「何……？」

十香が眉根を寄せながら返すと。

「ねえ、十香さん。――この世界をやり直したいとは、思いませんこと？」

狂三は、時計の目をニィッと笑みの形にしながら、言った。

「――なっ⁉ どうしたのですか司令、その格好は！ はっ、まさか高校入学記念ボーナスで座りに来てくださったのですか⁉ ああっ、よもや高校の椅子《いす》よりも先に私《わたくし》めに座ってくださるとは！ この神無月恭平《かんなづききようへい》、幸福の極みでございます！ さあ、どうぞ一発、新制服での座り心地をご確認――」

「うっさい」

琴里は、〈フラクシナス〉の艦橋《かんきよう》に入るなり奇声《きせい》を上げてきた神無月を一撃《いちげき》の下《もと》に沈《しず》めると、そのままのしのしと歩いていって艦長席《かんちよう》に腰《こし》かけた。ちなみに神無月は苦しげに、しかし嬉《うれ》しそうに「ぁりがとぅございますぅ……」と声を漏らしていた。

「それで、気になる反応って？」

琴里はそう言うと、艦橋に控《ひか》えていたマリアに視線を向けた。先ほど五河家にいたマリアとは別のボディであるが、それを動かしているのは同一のＡＩである。

「はい、これを」

マリアが右手を掲《かか》げると、それに合わせるようにして、メインモニタに地図と、細かな数字を表したグラフが表示された。

「これは……」

それを見て、琴里は眉《まゆ》をひそめた。それ自体は、〈ビースト〉が現れる前から観測されているものと似通っていたのだが——先月は世界中に広く分布していた反応が、今は局所に集中していたのである。

琴里は額に汗《あせ》を滲《にじ》ませながらマリアを見た。

「……何が微弱《びじゃく》な反応よ。これじゃ、まるで——」

「——精霊《せいれい》術式そのもの？」

と、そこで後方からそんな声が響いてきて、琴里は肩《かた》を震《ふる》わせた。

見やるとそこに、二亜、そして折紙の姿があることがわかる。

「あなたたち、一体どうしてここに……？」

予想外の顔触れに目を丸くする。確か朝食のあと、二亜は自宅へ、折紙は大学へ向かったはずだ。

特に折紙は、教師たちの反対を押し切り、士道と同じ大学への進学を決めた猛者《もさ》である。

そんな彼女が、せっかくの一緒《いっしょ》に登校チャンスを逃《のが》すとは思えなかった。

「んー、まあ、ちょっと世間話をしに？」

「——私は、二亜に話を聞いて。……今日くらいは、と思って」

「……？」

琴里は折紙の言葉に首を傾《かし》げたが、すぐに思い直して視線を鋭《するど》くした。

そう。そんなことよりも今、聞き捨てならない言葉が発されたのである。

精霊術式。それは、かつて魔術師アイザック・ウェストコットが為《な》した禁断の業《わざ》。

世界に満ちるマナを集め集めて、究極の生命体――精霊を生み出す、失われたはずの技術。

二亜の言うとおり、観測機の反応は、それが行われた際と非常に近い波長を示していたのである。

が、それを指摘《してき》した当の二亜は、緊張感《きんちょうかん》の欠片《かけら》もない様子で続けてきた。

「まあ安心していいと思うよ。確かに近い波長だけど、たぶん自然現象だと思うから」

「自然現象ですって？　こんなマナの流れが、誰の意志でもなく偶然起こっているとでも言うの？」

と、琴里はそこで気づいた。これだけの異常事態だというのに、自分をここに連れてきたマリアが、やたらと涼《すず》しい顔をしていることに。

「……マリア。あなたも二亜に何か聞いてたってわけ？」

「人聞きが悪いですね。折紙ならばまだしも二亜と共犯《きょうはん》扱いされるのは我慢《がまん》なりません」

「じゃあ違うの？」

「やっぱり知ってるんじゃないの！」

「ノーコメントで」

琴里は苛立《いらだ》たしげに髪を掻《か》きむしると、二亜に鋭《するど》い視線を送った。

「……ちゃんと説明してくれるんでしょうね？　一体、何が起こってるっていうの？」

琴里が険しい顔で問うと、二亜は「むー」とあごに手を当てて唸《うな》った。

「んー、表現が難しいにゃあ。完全な偶然ってわけじゃないし、意志といえば意志……なのかな？　でも誰っていうのは違うし……」

「強《し》いて言うなら、『世界の意志』、とでも呼ぶべきもの」

折紙が言うと、二亜が「お、そんな感じそんな感じ」と指を鳴らした。

「……ふざけてるの？」

琴里が視線を鋭くすると、二亜はブンブンと首を横に振《ふ》ってきた。

「別にふざけちゃないってば。でもほら、〈囁告篇帙《ラジエル》〉って確かに何でも教えてくれるけど、それを理解するのはこっちの頭だからさ。情けない話だけど、全容を完璧《かんぺき》に理解できてるわけじゃないんだよねぇ」

二亜の言葉に、琴里は眉をひそめた。

「……二亜。あなた、何を知っているの？　あのとき〈囁告篇帙《ラジエル》〉で調べたのは、〈ビースト〉のことじゃなかったの？」

「んー？　そうだよ？　ビーちゃんのこと。ただ、わかんないことがあってさ。ビーちゃんはそもそもどうして、この世界に現れたのかなって」

「え……？」

言われて、琴里は頭に疑問符《ぎもんふ》を浮かべた。

確かにそれは重要な問題であった。並行世界の精霊などというイレギュラーがこの世界に現れた理由——もしそんなものが明確にあるのであれば、それを取り除かない限り、再びこの世界に脅威《きょうい》が訪れる可能性があるからだ。

しかし、今のところ得られているのは、士道が並行世界の十香から聞いた、『呼ばれたような感覚』という曖昧《あいまい》なもののみだったのである。

琴里が思考を巡《めぐ》らせていると、二亜が、頭の中にあるイメージを整理するように指で空に何かを描《えが》きながら続けてきた。

「他にいい表現が思いつかないから、『世界の意志』って仮定させてもらうけど……それはさ、ここ一年ばかり、ずーっとある仕事をしてきたわけよ」

「仕事？」

「そ。一度バラバラになった存在を、寸分違《すんぶんたが》わず同じ構成で元の形に戻《もど》す——ってね」

「……！　それって——」

「単純な構造物ならまだしも、その完成形が複雑怪奇《かいき》なるものだからさあ大変。如何《いか》に世界の意志とも言うべき存在ったって、一苦労どころの話じゃない。何百年……下手したら何千年、何万年とかかるかもしれない大仕事だ。

——だから、『世界の意志』は、一計を講じた。

並行世界の、目標の形に限りなく近い存在に、熱いラブコールを送ったのさ。

もちろん並行世界の、って形容がつく以上、目標物と全く同一の存在じゃない。でもその瞬間《しゅんかん》、この世界に、『限りなく目標物に近い、生きた設計図』が存在したわけだ。——その作業工程が、だいぶ短縮されると思わない？」

「…………」

琴里は、胸に手を当てると、すぅっと息を吸った。

緊張《きんちょう》のためか、興奮のためか、心臓の鼓動《こどう》が少し速くなっているのを感じる。

琴里は艦長席を立つと、左方に設《しつら》えられたクルーの席に歩いていった。

誰も座っていない、解析官《かいせき》の席。そこには今、この席の主が遺《のこ》したツギハギだらけのクマのぬいぐるみが置いてあったのだ。

――世界の、意志。

二亜と折紙の、曖昧かつ回りくどい言い回しで表現された、その存在。

けれど、なぜだろうか。その話を耳にしたとき、琴里の脳裏に、とある人物の姿が思い起こされたのである。

優秀《ゆうしゅう》な機関員にして、琴里の部下。

かつて、琴里の側《そば》に控えていてくれた無二の親友。

――そして、マナとなって世界に溶《と》けていった、ある女性の姿が。

「……本当に、仕方のない人」

ぬいぐるみを抱《だ》いてそう呟《つぶや》くと同時、琴里は、頬《ほお》を熱い何かが伝うのを感じた。

◇

ざぁっという音を立てて、桜吹雪《さくらふぶき》が空に舞《ま》い上がる。

思いがけず目にした絶景に、士道は小さく感嘆《かんたん》を漏らした。

「――すごいな、満開だ」

鞄《かばん》や肩に付いてしまった桜の花びらを軽くはたき落としてから、歩みを再開する。木々の合間から降り注ぐ柔《やわ》らかな木漏《こも》れ日は、自然と士道の心を高揚《こうよう》させ、その歩調を速くさせた。

今週は大学のオリエンテーション。要は、これから一年受ける講義を選ぶための説明、及び体験期間である。自分の興味のある科目や必修科目《ひっしゅうかもく》を、進級・卒業に必要な単位の分、バランスよく選ばなければならない。本当なら、同じ大学に進学した折紙とも相談したかったのだが、なぜか今日は、重要な用事があるから先に向かっていて欲しいと言われたのである。

今士道が歩いているのは、川沿いにある桜並木であった。左右にずらりと桜が整列し、満開となった花々が自然のアーチを形作っている。

とはいえ、その風景も、そう長く続くものではない。今日は四月一〇日。例年よりも少し遅《おそ》い開花だとは聞いていたが、来週にもなれば花は粗方《あらかた》散ってしまうだろう。

少し寂《さび》しい気もするが、それもまた仕方のないことであった。花が散れば葉桜となる。そして葉桜がその葉を散らし、再び枝に蕾《つぼみ》を付けるのだ。今まで連綿と繰《く》り返されてきたであろう輪廻《りんね》。来年になればまた、美しい花を見せてくれるだろう。

「四月、一〇日……か」

薄紅《うすべに》のベールの中、士道はぽつりと呟いた。

そう。四月一〇日。

今日の日付は、士道にとって特別な意味を持っていたのである。

二年前の今日。士道は、一人の少女と出会った。

恐《おそ》ろしいほどに美しく、しかし天真爛漫《てんしんらんまん》で、どこか抜《ぬ》けたところがあって――誰《だれ》よりも気高《けだか》く、強い少女に。

そして彼女は、士道に様々なものを残し――

一年を待たずに、消えてしまった。

「…………はは」

そこまで考えて、士道は思わず笑ってしまった。

改めて思い起こすと、士道が彼女と過ごした時間は、一年にも満たなかったのだ。

嗚呼《ああ》、けれどその一年は。

それまで生きてきた人生と比べても、まるで短く感じないくらいに、驚《おどろ》きと、苦難と、そして何よりも、輝《かがや》きに満ちていた。

それこそ、彼女と出会う前とあとで、士道の人生が変わったと言っても過言ではない。

彼女がいたから、今の士道がいて。

彼女がいたから、皆《みな》がいる。

それくらい、士道にとって、皆にとって、彼女は特別な存在だった。

「…………」

士道は、ふっと笑みを漏《も》らすと、改めて辺りの景色を見渡《みわた》した。

そういえば一度、ここに彼女を連れてきたことがあったのだ。

あれは確か、まさに彼女が消えてしまった日。彼女と、彼女の姉のような存在と三人で、桜を見にやってきた。

思えばあのときも、今日のように桜が満開で――

「――っ」

瞬間。先ほどよりも強い風が辺りを通り抜け、木に咲《さ》いていた花や、地面に落ちていた花びらを、派手に舞い上げた。

淡《あわ》い色のカーテンが視界を覆《おお》う。突然《とつぜん》のことに、士道は思わず目を瞑《つむ》ってしまった。

「……っと、凄《すご》い風――」

と。

うっすらと目を開けたところで、士道は言葉を止めた。

長く、長く続く桜の道。

その先。士道のちょうど正面に、先ほどまではなかった人影《ひとかげ》が立っていたのである。

「――――」

その姿を見て、士道は思わず目を見開いた。
薄紅の背景に映《は》える、夜色の長い髪《かみ》。
幻想《げんそう》的な色を映す、水晶《すいしょう》の如《ごと》き双眸《そうぼう》。
暴力的なまでに美しいその面《おもて》は、しかし柔らかな表情に彩《いろど》られていた。

「――君、は……」

半ば無意識のうちに、士道はその言葉を零《こぼ》していた。
なぜだろうか。彼女に会ったなら、そう問わねばならない――頭のどこかで、そう理解しているかのような感覚だった。

「……名、か」

するとと少女もまた、その言葉が向けられることを既に知っていたかのような調子で、満面の笑みを作り、言葉を返してきた。

「──私の名前は夜刀神十香。
大切な人にもらった、大切な名だ。──素敵だろう？」

あとがき（※本編のネタバレを含《ふく》みます。未読の方はご注意ください）

二〇一一年三月一九日に『デート・ア・ライブ』一巻が発売されてからちょうど九年。本編完結巻『デート・ア・ライブ22　十香《とおか》グッドエンド　下』をお送りいたしました。いかがでしたでしょうか。このシリーズが皆様《みなさま》の心に、ほんの少しでも何かを残すことができたなら、それに勝《まさ》る喜びはありません。

というわけでお久しぶりです橘公司《たちばなこうし》です。長らくお付き合いいただきました『デート・ア・ライブ』も、これにて完結と相成《あいな》ります。

皆様の応援《おうえん》のおかげで、企画当初の予想を遥《はる》かに超《こ》える長期シリーズになってくれました。また、数度のコミカライズ、アニメ化、ゲーム化、劇場版、スピンオフなど、様々な展開をしていただくことができました。非常に幸福なシリーズと言えるでしょう。

これもひとえに、『デート』に携《たずさ》わってくださった様々な方々、そして、読者の皆様のおかげでございます。この場を借りて、心よりの感謝を。

つなこさん。長い間ありがとうございます。つなこさんのイラストなしでは、『デート』は成立し得ませんでした。精霊《せいれい》にメカに私服にと、節操《せっそう》のないオーダーに、最高の仕事で応えてくださいました。つなこさんの絵に恥《は》じぬ原作をと思って駆《か》け抜《ぬ》けて参りました。本当にありがとうございます。あと毎回感想ありがとうございます。励《はげ》みになってます。

草野《くさの》さん。原作、アニメ、広告に至るまで、『デート』の世界の印象は、草野さんのセンスによって形作られていたと言っても過言《かごん》ではありません。クールでスタイリッシュな表紙デザインが届くたび、毎回興奮しておりました。最高の仕事をありがとうございます。

担当氏。思えば受賞時からの付き合いなので、今年で一二年くらいになるでしょうか。あなたがいなければ、そもそもこのシリーズは存在していなかったでしょう。『デート』のもう一人の作者はあなたです。本当にありがとうございます。原稿《げんこう》を引っ張ってしまってすみません。新作も頑張《がんば》りますので、今しばらくお付き合いいただけると幸いです。

東出《ひがしで》さん。NOCOさん。格好いい文章×格好いいイラスト＝最強。素晴らしいスピンオフをありがとうございます。アニメも今から非常に楽しみです。

そして、漫画家《まんがか》、イラストレーター、アニメスタッフ、キャスト、ゲームスタッフ、フィギュア・グッズ制作、編集、流通、書店など、『デート』に携わってくださったたくさんの方々に。また、今この本を手にとってくださっているあなたに。

本当に、ありがとうございます。

折紙《おりがみ》。君は最初、ヒロインでありながら敵役だった。そのため序盤《じょばん》は割を食ったこともあるだろう。だが、もう一人の主役とも言うべき君の視点は、お話を描《えが》く上で非常に助けになった。何より君を書くのは楽しかった。そして一〇巻、一一巻という前半最大の山場を経た君は、立派なヒロインになってくれた。君を描《えが》けて本当によかった。ありがとう。

二亜《にあ》。精霊組の中でも終盤《しゅうばん》の参戦《さんせん》だった君だが、驚《おどろ》くべきことに一瞬《いっしゅん》で皆《みな》に馴染《なじ》んでしまった。明るく能動的でオタク知識もあり、メタ的な発言もなんとなく許される君は、本当にありがたいキャラだった。もはや君のいない短編など考えられないほどに。よくオチ要員《よういん》に使ってごめん。いつも助かってます。ありがとう。

狂三《くるみ》。私の高校時代のノートから召喚《しょうかん》された君は、ある意味最古参《さいこさん》のキャラだった。そして、もっとも私の想像を超えて躍進《やくしん》したキャラでもある。今や君なしで『デート・ア・ライブ』は語れない。物語上でも君ほど頼《たよ》りになるキャラはいなかった。あとフィギュアやグッズもたくさん出てくれるのですごくお世話になってます。ありがとう。

四糸乃《よしの》。そして『**よしのん**』。二巻目で登場を果たした君は、十香の示した「点」を「線」にしてくれた重要なキャラだった。手探《てさぐ》りの新シリーズに四苦八苦《しくはっく》する私のオアシスでもあった。そして何より物語終盤では、私も驚くほどの成長と活躍《かつやく》を見せてくれた。二〇巻のMVPは君と言っても過言ではない。ありがとう。

琴里《ことり》。君は一巻最序盤から完結巻まで、常にシリーズを支え続けてくれた功労者《こうろうしゃ》だ。君がいなければこのお話は成立していなかった。ポジション柄《がら》視点人物になることも多く、もっとも作者の側に近いキャラだったとも言えるだろう。いろいろ辛《つら》い決断もさせた。ごめん。君がいてくれて助かった。ありがとう。

六喰《むくろ》。精霊たちの中で最後に登場したため、他のキャラに比べて出番が少ない君だったが、その中でも見事に存在感を示してくれた。既存《きぞん》キャラに対抗《たいこう》できるよう属性を盛りに盛ったキャラだったが、不思議なことにもっとも印象に残っているのは、君の純粋《じゅんすい》さだった。君がいてくれるだけでシーンが優しくなった。ありがとう。

七罪《なつみ》。君くらいからキャラを好き勝手に作り始めた気がする。君はネガティブな自分が嫌《きら》いなようだが、白状《はくじょう》しよう、君の視点を書いているときが一番筆《ふで》が乗った。二亜と並んで短編で活躍させやすいキャラだった。四糸乃という友、美九《みく》という天敵《てんてき》を得てさらに輝《かがや》きを増した。君の幸せを心から願う。ありがとう。

耶倶矢《かぐや》。君は中二病キャラだったはずが、いつの間にか弄《いじ》られキャラになっていた。嬉《うれ》しい誤算《ごさん》である。君と夕弦《ゆづる》の過去を描くことができて本当によかった。よくクロ〇ダインみたいに使ってごめん。でもとても助かった。こう言うと「なんか私のコメントだけみんなと違《ちが》わない!?」と言ってくれそうなところがまた愛《いと》おしい。ありがとう。

夕弦。耶倶矢を「動」とするなら「静」のキャラということで設定した君だったが、いつの間にか耶倶矢よりもナチュラル中二な上に、肉食なキャラになっていた。これも嬉しい誤算である。よい師に出会ったな。最後に風待八舞《かざまちやまい》を出せて本当によかった。士道《しどう》とのデートシーンで見せてくれた可愛らしさが、君の本領《ほんりょう》だと思っている。ありがとう。

美九。予想だにしないキャラの変化や成長はよくあることだが、その中でも君には驚かされた。最初は憎《にく》まれ役だった君だが、いつの間にか愛されキャラになっていた。ちなみに担当氏は君が一番好きらしい。普段《ふだん》は妖怪《ようかい》だが、年上キャラとして決めるところは決める君は非常に格好よかった。また君の歌が聴《き》けることを願っている。ありがとう。

十香。『デート・ア・ライブ』は、君から始まった。君がいたからこの物語は生まれた。君がいたから、この長い旅路《たびじ》を歩みきることができた。最後に君の笑顔を見るために、私は二二巻に及《およ》ぶ物語を書くことができたのだ。君の未来には楽しいことだけではなく、きっと多くの困難《こんなん》が待っているだろう。けれど君ならば、最後は笑っていられると信じている。士道と、皆と、末永《すえなが》く幸せに。本当に、ありがとう。

万由里《まゆり》。劇場版は非常に楽しかった。尺《しゃく》と設定の都合上台詞《せりふ》や士道との触《ふ》れ合いは少なかったが、君の最後の台詞は、未だ私の心に残っている。ありがとう。
凜祢《りんね》。ゲーム化の話が来たとき、オリジナルヒロインを全力で作ってやろうと思い生まれたのが君だった。まさに心に残るキャラになってくれたと思う。ありがとう。
鞠亜《まりあ》。そして**マリア**。物語序盤からいてくれた君を、こういう形で出すことができるとは思っていなかった。終盤はいろいろ助けられた。ありがとう。
鞠奈《まりな》。最初は悪役だった君だが、予想外の活躍を見せてくれた。『凜緒《りお》リンカーネイション』での君の結末は、私の希望となってくれた。ありがとう。
凜緒。君のおかげで救われたキャラは数多く存在する。設定上本編に絡《から》ませづらかったのが心残りだ。だが私は忘れない。君が生まれる世界が確かにあったことを。ありがとう。
蓮《れん》。君のゲームはまだ発売していないのであまり詳《くわ》しく語ることができない。だが一つだけ。君のおかげで可能となったとある物語に、心からの感謝を。ありがとう。
澪《みお》。ある意味で『デート・ア・ライブ』とは、君の愛の物語だった。実際、当初の予定では、物語は君の話で締《し》めくくるつもりだった。だが、実際はそうはならなかった。それから三冊分もの、精霊たちの物語が生まれた。君の娘《むすめ》たちが、君を超えたのだ。君の物語を描くことができて私は本当に幸福だった。どうか真士《しんじ》と幸せに。ありがとう。
令音《れいね》。あえて澪とは別に数えさせてもらおう。物語の陰《かげ》の功労者はあなただった。琴里を支え、士道を助け、皆を導いてくれた。その根にあったのが自らの願望であったとしても、あなたの存在は、皆の心の拠《よ》り所《どころ》になっていた。あなた自身は否定するかもしれないけれど、あなたは誰《だれ》より優しい人だった。きっと、最後の最後まで。ありがとう。

真那《まな》。君の存在は物語に深みを与《あた》える上で非常に重要な役所《やくどころ》だった。厳《きび》しい人生を歩ませてごめん。作中でも指折《ゆびお》りに男前なキャラだった。ありがとう。

天香《てんか》。最初は冷酷《れいこく》キャラだったはずが、知らず知らずのうちに妹煩悩《ぼんのう》なお姉ちゃんみたいになっていった。きっと君のおかげで、十香は幸せだった。ありがとう。

並行世界の十香。君ならばきっと、望む未来を摑《つか》むことができる。ありがとう。

エレン、**ウェストコット**、**ウッドマン**、**カレン**。君らのおかげで物語は始まった。最高の悪役だった。頼れる上官だった。ありがとう。

神無月《かんなづき》、**椎崎**《しいざき》、**川越**《かわごえ》、**中津川**《なかつがわ》、**箕輪**《みのわ》、**幹本**《みきもと》。君たちのサポートのおかげで、士道はデートすることができた。変な選択肢《せんたくし》ばっか選ばせてごめん。ありがとう。

タマちゃん、**殿町**《とのまち》、**亜衣**《あい》、**麻衣**《まい》、**美衣**《みい》。君たちは日常の象徴《しょうちょう》だった。いつも変わらず十香たちと過ごしてくれてありがとう。

燎子《りょうこ》、**美紀恵**《みきえ》、**ミリィ**。いつも天宮市《てんぐうし》を守ってくれてありがとう。

真士、**アルテミシア**、**〈ニベルコル〉**、**竜雄**《たつお》、**遥子**《はるこ》、**ジェシカ**、**パディントン**、**アンドリ**

ユー、アシュリー、セシル、レオノーラ、ミネルヴァ、マードック、花音《かのん》、日依《ひより》、渚沙《なぎさ》、朝妃《あさひ》、昴《すばる》、リリコ、ロボ折紙、ここには書き切れない全てのキャラへ。ありがとう。

そして、士道。企画当初、君は無色なキャラだった。けれど実際に話を書いているうちに、物語が進んでいくうちに、君はどんどん色を帯びていった。君でなくてはならなくなった。君は私の最高の友であり、憧《あこが》れだった。きっと君ならば、物語として描かれることのないこれから先の人生を、しっかりと歩んでいけることだろう。君の行く先に幸多《さちおお》からんことを。本当に、ありがとう。

さて、長いようで短かったあとがきも、これにて幕《まく》となります。

本編は完結を迎《むか》えましたが、『デート』はまだまだ終わりません。『アンコール』も続いていますし、『デート・ア・バレット』に至《いた》ってはアニメ化企画も進行しております。

そして、『デート・ア・ライブ』本編もアニメ続編シリーズの制作が決定いたしました！　またアニメでお会いできることを楽しみにしております。

改めて、本当にありがとうございます！

二〇二〇年三月　橘　公司

あとがき

デート・ア・ライブ 完結 おめでとうございます！ 橘先生 本当におつかれさまでした!!
素晴らしい物語とキャラクター達をありがとうございます。初めて挿絵を担当した小説が
こんなにも長く愛される作品となり、関係者の皆様にはただただ感謝です。
アニメ等の展開がまだまだ続いていきますので、これからも応援よろしくお願いいたします！

ラタトスクの皆さんは
アニメのデザインを使わせて
頂きました

つなこ
2020.03

富士見ファンタジア文庫

デート・ア・ライブ22
十香《とおか》グッドエンド　下

令和２年３月20日　初版発行
令和４年７月１日　４版発行

著者――橘《たちばな》　公司《こうし》

発行者――青柳昌行
発　行――株式会社KADOKAWA
〒102-8177
東京都千代田区富士見2-13-3
0570-002-301（ナビダイヤル）
印刷所――株式会社暁印刷
製本所――本間製本株式会社

ISBN978-4-04-073581-8 C0193　◇◇◇

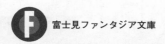

騙しあい。

各国がスパイによる戦争を繰り広げる世界。任務成功率100%、しかし性格に難ありの凄腕スパイ・クラウスは、死亡率九割を超える任務に、何故か未熟な7人の少女たちを招集するのだが――。

シリーズ
好評発売中！

ファンタジア文庫

世界最強の
“不可能任務”に挑む少女たちの
痛快スパイファンタジー！
スパイ教室
竹町
illustration
トマリ

ティナ
四大公爵家の
ひとつ、ハワード家に
生まれた公女殿下。
なぜか誰でも扱える
程度の魔法すら使う
ことができない。
変える
はじめましょう
アレン
公爵令嬢ティナの
家庭教師を務める
ことになった青年。魔法
の知識・制御にかけては
他の追随を許さない
圧倒的な実力の
持ち主。
発売中!

公女殿下の家庭教師

Tutor of the His Imperial Highness princess

あなたの世界を魔法の授業を

STORY

「浮遊魔法をあんな簡単に使う人を初めて見ました」「簡単ですから。みんなやろうとしないだけです」　社会の基準では測れない規格外の魔法技術を持ちながらも謙虚に生きる青年アレンが、恩師の頼みで家庭教師として指導することになったのは『魔法が使えない』公女殿下ティナ。誰もが諦めた少女の可能性を見捨てないアレンが教えるのは――「僕はこう考えます。魔法は人が魔力を操っているのではなく、精霊が力を貸してくれているだけのものだと」常識を破壊する魔法授業。導きの果て、ティナに封じられた謎をアレンが解き明かすとき、世界を革命し得る教師と生徒の伝説が始まる!

シリーズ好評

ファンタジア文庫

切り拓け！キミだけの王道
ファンタジア大賞
原稿募集中！
賞金
《大賞》300万円
《金賞》50万円
《銀賞》30万円
選考委員
細音啓「キミと僕の最後の戦場、あるいは世界が始まる聖戦」
橘公司「デート・ア・ライブ」
羊太郎「ロクでなし魔術講師と禁忌教典《アカシックレコード》」
ファンタジア文庫編集長
前期締切 8月末日
後期締切 2月末日
公式サイトはこちら！ https://www.fantasiataisho.com/
イラスト／つなこ、猫鍋蒼、三嶋くろ